Hans Werner Karch

Sturmvogels  Tod

HANS WERNER KARCH

# Sturmvogels Tod

### Kriminalroman

Ein

Rhein - Main - Nahe   Krimi

Bibliografische Information der Deutschen Nationalbibliothek
Die Deutsche Nationalbibliothek verzeichnet diese Publikation
in der Deutschen Nationalbibliografie; detaillierte bibliografische
Daten sind im Internet über http// dnb.dnb.de abrufbar

© 2017  Hans Werner Karch

Herstellung und Verlag: BoD – Books on Demand, Norderstedt
Umschlagsgestaltung: © Hans Werner Karch

ISBN 9783744815208

Anmerkung:

Um dem Roman Authentizität zu verleihen werden neben einigen medizinischen Ausdrücken auch Begriffe aus dem Jargon der Drogenszene verwendet. Letztere unterliegen einem schnellen Wandel und können bereits nach wenigen Monaten schon als veraltet gelten.

Da sich diese Ausdrücke dem Leser nicht von allein erschließen, wurden sie vollständig im Text durch *Kursivierung* hervorgehoben.

Ausdrücke, die entweder nicht im Text direkt erläutert werden oder sich nicht von allein aus dem Kontext verstehen lassen sind in einem Glossar am Ende des Buches wiedergegeben.

Handlung und Personen sind frei erfunden.

## Sturmvogels Tod

An einem Freitag im Hochsommer. Der Tag beginnt schon mit 18 Grad kurz nach 5:00 Uhr, als die Besatzung des Notarztwagens vom Einsatz in die Klinik zurückkommt.

Bevor sie sich wieder einsatzbereit bei der Leitstelle melden, wollen die drei Männer zuerst einmal duschen und die stark verschmutzte Kleidung wechseln. Bei ihrem letzten Einsatz in einem durch Brand zerstörten Einfamilienhaus konnten sie nur noch die bereits verkohlten Leichen zweier Erwachsener und die eines Kindes vorfinden. Kein Fall für das Rettungsteam.

„Das war bei aller Tragik und Traurigkeit doch wieder einmal ein völlig unsinniger Notarzt-Einsatz", stellt Dr. Augustin fest und macht auch keinen Hehl daraus, dies dem leitenden Wehrführer der Berufsfeuerwehr in einem unüberhörbar vorwurfsvollen Ton mitzuteilen.

Schon öfter, kam es in den letzten Jahren zu solchen Scharmützeln zwischen Feuerwehr und  Notärzten.

Augustin ist gerade im Begriff, die Schuhe zu binden, als der Notfallmelder ihn mit seinem grässlichen Signalton veranlasst, seine Tätigkeit noch weiter zu beschleunigen. Auf dem Weg zum *NAW,* den er im Laufschritt zurücklegt, hört er aus dem Melder: Einsatzort und Lage der Dinge.

„ Leitstelle an *RK- 83-2*

Einsatz NAW. Das geht nach Brenner Allee Nummer 37 A.

Der Name Berghaus.

Verdacht auf *Exitus.*

Feuerwehr und Polizei sind vor Ort.

Anfahrt mit Sondersignal!"

Noch bevor  Augustin am NAW ankommt, läuft der Motor schon mit einer erhöhten Drehzahl. Beide Rettungsassistenten sind bereits an Bord. Die Routine, auch in dieser Phase der höchsten Anspannung hilft den Dreien. Schon beim routiniert zügigen Start mit dem schweren NAW, schaltet Thomas der Fahrer, die akustischen und  auch die optischen Sondersignale ein.

Volker, der zweite Rettungsassistent, hat schon den Hörer des Funkgerätes in der Hand und meldet der Leitstelle:

„*RK 83-2* an Leitstelle,

- Arzt  an Bord

- fahren Brenner Allee 37 A.

- Gibt es Probleme bei der Anfahrt?"

Aus dem Lautsprecher vernimmt man eine blecherne Stimme:

„*RK- 83-2*, fahren Sie Bahnhofstraße, danach die zweite rechts abbiegen, das ist die Odenwaldstraße, diese bis zum Ende, dann wieder rechts, dann kommen Sie in die Brenner Allee."

„Verstanden, Ende!",

bestätigt Volker. Obwohl sie über ihren Bordrechner eine Datenfunkübertragung mit GPS Navigation und Anfahrt erhalten, hält der Rettungsassistent gerne noch am Sprechkontakt mit der Leitstelle fest.

Er hat halt seine Erfahrung.

Augustin blickt auf die Armbanduhr und sagt in nüchternem Ton:

„Es ist jetzt 07.19 Uhr."

Jeder im Team weiß, was er damit meint.

„Scheißwetter zum Reanimieren",

bemerkt der Fahrer trocken, denn bei solchen Hochsommer Temperaturen sind die Wiederbelebungserfolge sehr schlecht.

„Beinahe wäre ich noch ohne Schuhe mitgefahren. Wieso habt ihr uns schon so früh frei gemeldet?", versucht Augustin die Anspannung etwas aufzulockern.

Thomas, der Fahrer, wird jetzt leicht nervös.

Vor dem Bahnhof sind alle vier Fahrspuren komplett zu und da muss er mit seiner drei Tonnen schweren Kiste durch, wie er seinen *RTW* öfter nennt. Die Presslufthörner mit ihrer immensen Lautstärke, in

Verbindung mit den Räumlampen, schneiden wie ein Skalpell einen Weg durch die eigentlich undurchdringlich erscheinende, fast unbewegliche Blechmasse. Thomas jagt den Motor in allen Gängen bis aufs Letzte hoch. Die Odenwaldstraße ist glücklicherweise wenig befahren, aber dummerweise gilt hier eine rechts vor links Regelung und insgesamt gibt es sieben Nebenstraßen, die hier kreuzen, sodass sie die Fanfaren in voller Lautstärke weiterhin betreiben müssen. „Eigenschutz geht vor! Das muss ich Dir nicht sagen", schleudert Augustin dem Fahrer entgegen.

Genau  7.24  Uhr verlassen sie die Odenwaldstraße und biegen in die Brennerallee ein. Schon nach zweihundert Metern sehen sie auf der gegenüberliegenden Straßenseite zwei Polizeiwagen und ein Fahrzeug der Feuerwehr. Eine Polizeibeamtin postiert sich auf der Straßenmitte und winkt den *NAW*  in die Hofeinfahrt.

Volker nimmt den Hörer des Funkgerätes und nach einem kurzen Knacken meldet er der Leitstelle: „RK-83-2 – *E*. erreicht."

Es ist mittlerweile 7.26 Uhr, als sie das Fahrzeug verlassen. Thomas schultert das *Lifepack* - ein tragbares EKG mit Defibrillator.

Volker hat den großen Notfall-Koffer schon aus der Halterung gezogen und alle drei laufen zum Hauseingang, vor dem ein weiterer Polizist in Uniform steht. Als Augustin in den Flur eintritt, kommt ihm ein

Polizist in Zivil entgegen.

„*KHK* Küster – dort hinten –zweite Tür rechts!"

Dabei streckt er ziemlich auffällig dem Notarzt seine Hand entgegen und drückt sich in dem engen Flur fest mit dem Rücken an die Wand, sodass die beiden Rettungsassistenten, bepackt mit ihrem Equipment, zügig an den Ort des Geschehens kommen.

Augustin ist sofort hinter ihnen, als sie in das Schlafzimmer kommen.

Hier schockieren sie Bilder, die ihnen auch noch nach Jahren nicht  mehr aus dem Kopf gehen werden. Das wissen alle, die sich in diesem Raum befinden.

Bei aller Inhomogenität bilden sie doch eine starke Einheit, da das Unglaubliche, das Unvorstellbare, das auch nicht Begreifbare und schwer Beschreibbare, was sie hier sehen , eine  Realitätskonfrontation darstellt, der sie sich wieder einmal ausweglos stellen müssen.

Ihre Sprache ist klar und deutlich.

Für nichtssagende, alberne Schnörkel haben sie weder Zeit noch Sinn.

Augustin erfasst sofort die Situation und er weiß, dass er schnell, jedoch nicht hektisch entscheiden muss.

Er darf jetzt keine Fehler machen, denn bei aller Unübersichtlichkeit in diesem engen Raum, der nahezu überfüllt ist von Feuerwehrleuten, Polizisten  und nun auch noch dem Rettungsteam, sind seine Entscheidungen die wirklich Tragenden.

Eine Frau, Anfang vierzig, so schätzt er, liegt mit dem Rücken auf dem Bett. Die Augen sind weit aufgerissen, der Blick ist starr zur Decke gerichtet, die Haut ist schweißig. Das Bettlaken hat sie mit beiden Händen fest umklammert und bis zum Kinn gezogen. Ein permanentes, feines Muskelzittern besteht an allen Extremitäten. Die Füße liegen frei und schlagen in hoher Frequenz gegeneinander.

Unverständliche, halblaute Wortfetzen wechseln mit einem Schluchzen. Die Frau ist nicht ansprechbar, stellt Augustin sofort fest. Sie befindet sich in einem schweren psychogenen Ausnahmezustand. Sein erster Griff, wie immer, ist die Hand zum Puls der Patientin. Schnell kann er feststellen:

„Ok, sie ist kreislaufstabil, zu ihr später",

sagt Augustin laut in den Raum und wendet sich um, um nach dem Mann, wahrscheinlich ihrem Ehemann, zu sehen. Der etwa Fünfzigjährige, reichlich übergewichtige, liegt schräg vor dem Bettende, kaltschweißig, beide Pupillen weit, schwache, oberflächliche Atmung, tief bewusstlos. Die peripheren Pulse sind nur noch schwach tastbar.

Ohne dass Augustin etwas anordnen muss, haben die beiden Rettungsassistenten bereits den Oberkörper des Mannes entblößt und das Notfall- EKG angeschlossen.

Augustin hat bereits einen venösen Zugang an den linken Handrücken gelegt.

Im EKG sieht man eine massive *Bradykardie* mit einer Frequenz um die vierzig Schläge pro Minute. Dann wechselt die Frequenz auf fünfzig und siebenundfünfzig. Der Mann kommt etwas zu Bewusstsein und wird unruhig.

„Die Sauerstoffsättigung liegt unter neunzig.

Der *BZ* liegt bei 132 "

sagt Thomas, der erste Rettungsassistent, und blickt Augustin fragend an, dabei zeigt er auf das *Intubationsbesteck*

„Noch nicht, zuerst Sauerstoff. Vier Liter über die Maske und Atropin 0,5- eine Ampulle i.v.

Vielleicht kommt er ja auch damit schon."

Augustins Anweisungen sind knapp und klar.

Er sieht jetzt, dass sie sich mit dem Mann intensiver beschäftigen müssen, während die Frau weiterhin in ihrer schweren psychischen Dekompensation dahinzittert.

Er kann jetzt nicht länger allein die Lage unter Kontrolle halten, obwohl zwei Feuerwehrmänner versuchen, durch ihren Händekontakt der Frau irgendwie beizustehen.

Daher ruft er laut in den Flur hinaus, dort, wo die Polizisten warten:

„Wir brauchen dringend ein zweites Notarzt Team! Geben Sie als Grund an: Schwere, akute, psychische Dekompensation."

Augustin kontrolliert mit einem Auge den EKG-

Monitor des Mannes, mit dem anderen Auge sieht er zu der Frau, und hat gleichzeitig die Hand am Puls des Patienten.

Im Kopf beginnt die Planung der kommenden Minuten, damit es hier nicht noch zum Chaos kommt, denn da liegt ja noch eine Person, um die er sich auch noch kümmern sollte. Aber ein kurzer Blick genügt, um festzustellen, dass der junge Mann tot ist.

Langsam pendelt sich bei seinem Patienten der Puls bei 57 pro Minute ein.

„Der Blutdruck ist jetzt gerade einmal 100 mm Hg *systolisch*", meldet der zweite Rettungsassistent und kurz danach verschwindet er nach draußen, um die Trage aus dem *RTW* zu holen.

Ein Polizist hilft ihm, und als sie den Mann für den Transport auf die Trage heben wollen, trifft das zweite Notarzt-Team ein.

„Mensch Klaus, was ist denn hier los?",
wird Augustin von dem zweiten Notarzt begrüßt.

Augustin zeigt nur auf die Frau im Bett und bemerkt trocken:

„Um die musst Du dich kümmern."

Als seine beiden Rettungsassistenten ins Schlafzimmer stürzen und sich der dritten Person nähern, dreht sich die junge Rettungsassistentin  sofort um und stolpert aus dem Haus.

Unterwegs erbricht sie schon mehrfach und hängt dann vornübergebeugt am Treppengeländer, das sie fest umklammert. Erst nach mehrfachen Würgereizen kann sie sich wieder sammeln. Sie schüttelt sich kurz, fährt sich mit ihren Fingern durch das rotbraun gefärbte mittellange Haar, räuspert sich, atmet zwei-dreimal tief ein und aus, dann geht sie wieder mit festen Schritten ins Haus.

Unterwegs begegnet ihr das erste Rettungsteam, das den Mann auf der Trage zum *RTW* transportiert.

„Geht´s wieder?“,

fragt Augustin kurz. Die Assistentin nickt nur und verschwindet ins Schlafzimmer.

Während die beiden Rettungsassistenten den Mann in den *RTW* einladen, kommt Küster auf Dr. Augustin zu und

fragt ganz kurz und bestimmend:

„Was ist mit Berghaus?

Wird er durchkommen?“

Augustin versucht ruhig zu antworten, obwohl er jetzt unter starkem Stress steht.

„Nun ja, offenbar hat er einen Herzinfarkt erlitten, der insbesondere sein Herz-Reizleitungssystem betroffen hat. Sein Herzschlag ist daher sehr niedrig und hat zur Bewusstlosigkeit geführt, da hierunter der Blutfluss extrem leidet. Wir werden ihm vielleicht einen passageren Herzschrittmacher legen müssen, danach muss man abwarten wie die Sache ausgeht.

Was mit seiner Frau wird, so fragen Sie den Kollegen Kesselheim, der sie im Moment noch behandelt. Und für den jungen Mann kam sicherlich jede Hilfe zu spät. Das ist etwas für die *Forensik*. Ich denke, bereits der erste Hieb war schon tödlich.  Aber wenn Sie Fragen haben, Sie finden mich in der II. Medizinischen Klinik der St. Christopheros  Kliniken. Mein Name ist Dr. Klaus Augustin."

Daraufhin verschwindet er im *RTW,* und das Fahrzeug verlässt in schonender Fahrweise den Hof des Grundstücks. Als sie in die Brenner Allee einbiegen, hat ein Polizist schon mehrere Autos gestoppt, sodass sie zügig in den Verkehr einfädeln können.

Mit Sondersignal entfernt sich der Notarztwagen und windet sich gekonnt wie eine Äskulap-Natter durch das Dickicht der undurchdringlich erscheinenden Blechlawinen.

\*

Im Schlafzimmer der Familie Berghaus gerät die Situation fast außer Kontrolle. Kesselheim, ein ebenfalls erfahrener Notarzt, versucht zunächst die Frau verbal zu beruhigen, was aber absolut keine Wirkung zeigt, worauf er über einen venösen Zugang, den er schon kurz nach dem Eintreffen gelegt hat, ihr 5 mg Midazolam langsam intravenös und fraktioniert verabreicht. Kurz danach wird die Frau ruhiger und fällt in einen somnolenten Zustand, der unbeabsichtigt innerhalb kurzer Zeit zu einem Atemstillstand führt. Kesselheim erkennt sofort die Brisanz der Situation und entschließt sich zu einer Maskenbeatmung. Er weiß um solche Komplikationen und handelt dementsprechend korrekt und ohne Hektik.

Die junge Rettungsassistentin wird wieder nervös und hektisch, sodass Kesselheim, ein sonst eher ruhiger Mensch, sie laut anfährt:

„Jetzt reiß dich doch endlich mal zusammen! Der Tag hat doch gerade erst begonnen. Und wie willst du den(!) denn überstehen? Wir müssen da alle durch. Ob uns das gefällt oder nicht."

Kurz danach kommt aus beiden Mündern fast gleichzeitig ein:

„Entschuldigung!"

Kesselheim hat seinem „Entschuldigung" noch einen Satz hinzugefügt, der ihn dann wieder angenehm menschlich erscheinen lässt:

„Ich wollte da eben nicht so grob zu dir sein",
ergänzt er mit einem kleinen Lächeln der Rothaarigen gegenüber, die er ja eigentlich ganz nett findet. Er fasst sie am Arm und zieht sie etwas zu sich:

„Ich weiß, dass Du die Maskenbeatmung sehr gut beherrschst, deswegen wirst Du jetzt weiter beatmen.

Und jetzt muss ich mal nach dem jungen Mann dort hinten schauen."

Dabei zeigt er auf den leblosen Körper des Mannes, ungefähr in Zimmermitte, den die Feuerwehr mit einem weißen Einmal-Tuch abgedeckt hat. Die Assistentin ist intensiv mit der richtigen Beatmung beschäftigt, sodass sie sich nicht noch einmal den Anblick  des jungen Mannes zumuten muss.

Einer der Polizisten hebt langsam das Tuch vom Kopf des Toten.

Ungefähr in Schädelmitte steckt, mit der Spitze eingedrungen, ein Lattenhammer, wie ihn Zimmerleute und Dachdecker verwenden. Die Spitze ist bis zum Stiel tief eingeschlagen. Um die *Penetrationsstelle* finden sich mehrere unterschiedlich große Knochenfragmente und wenig Hirnmasse. Als Kesselheim den Kopf zur Seite drehen will, fertigt einer der Polizisten zwei Fotoaufnahmen an.

Dann drehen sie den Kopf des Toten auf die rechte Seite. Was sich ihnen hier bietet, jagt einen der jungen Kriminalkommissare, ebenso wie kurz zuvor die Rettungsassistentin, aus dem Haus. Unterwegs hört man ein lautes Würgen und Husten.

Über dem linken Auge des Toten erkennt man einen etwa vier mal vier Zentimeter großen, tiefen Knochendefekt in der Schädelkalotte. Es ist reichlich Hirnmasse ausgetreten. Das linke Auge liegt außerhalb der Augenhöhle auf dem Wangenknochen.

Der Polizist fertigt auch hiervon zwei Fotos an.

Alles läuft ab, ohne dass ein Wort gesprochen wird.

Der Leichnam wird wieder zugedeckt und Kesselheim begibt sich zur Rettungsassistentin.

„Du – ich wollte Dir eben wirklich nicht wehtun, verzeih mir bitte", entschuldigt er sich zum zweiten Mal.

„Aber du siehst ja, auch Kripo-Beamte können mal kotzen."

Stephan, der zweite Rettungsassistent meldet kurz und trocken:

„Sauersoff-Sättigung jetzt 97%

RR 110 / 70

Puls 98 „

„ Nimm mal die Maske weg und sehen wir mal, inwieweit sie wieder spontan atmet",

wendet sich Kesselheim an Martina, die rothaarige Rettungsassistentin.

Die Frau atmet wieder in einer fast normalen Atemlage. Die nicht abfallende Sauerstoff-Sättigung lässt Kesselheim und das Team aufatmen, aber der akute psychotische Zustand hat sich jetzt in einen psychogenen *Stupor* gewandelt. Dieser dissoziative *Stupor* hat zu einem wach ähnlichen Zustandsbild geführt. Die Frau blickt weiterhin mit weit geöffneten Augen zur Decke, aber es kommen keine verbalen Äußerungen, sie reagiert nicht auf Ansprache, alle Extremitäten hängen jetzt regungslos herab. Kesselheim entschließt sich für den sofortigen Transport in die Klinik. Als sie die Frau auf die Trage legen und dabei das Bettlaken gegen das Einmallaken des *RTW* tauschen wollen, gibt die Rettungsassistentin, begleitet von einem leichten Räuspern, Kesselheim einen kleinen Stoß und zeigt dabei auf den Körper der Frau:

„Sieh dir das an! Das sind doch Spuren eines Kampfes, mit Kratzspuren, und ihr Slip ist ziemlich zerrissen, ebenso ihr BH."

Mehr an Kleidung trägt die Frau nicht.

Kesselheim sieht sich den Körper der Frau jetzt genauer an, dann ruft er in den Flur hinaus:

„Hier müsst ihr unbedingt noch eine Foto-Dokumentation machen!"

Sofort erscheint wieder der Polizeibeamte mit seiner Kamera und schießt jetzt mehrere Fotos, darunter sind auch drei Nahaufnahmen.

Küster hat offenbar mitbekommen, dass da irgendetwas im Busch ist, wie er gerne Nachforschungen umschreibt. Zügig kommt er in das Schlafzimmer und schaut sich ebenfalls die Frau genau an.

„Was denken Sie? Kann sie eine Aussage machen? Und wann?"

Dabei schaut Küster den Notarzt fragend an.

„Das kann ich Ihnen wirklich nicht sagen. Sie sehen ja selbst, wie stark traumatisiert diese arme Person ist. Körperlich, aber viel mehr noch psychisch. Die Frau befindet sich in einem akut psychotischen Zustand.

Wann und auch wie sie wieder aus diesem herauskommen wird, kann Ihnen niemand vorhersagen. Wir bringen sie jetzt in die Klinik."

„In welche Klinik ?",

fragt Küster.

„St. Christopheros Kliniken, Psychiatrie",

gibt Kesselheim kurz zur Antwort, dann ergänzt er aber noch:

„Wir müssen uns beeilen. Und zu dem toten jungen Mann, nun ja, der ist etwas für die Gerichtsmediziner, da können wir nichts tun. Wenn Sie Fragen haben, Sie finden mich in der Klinik."

„Vielen Dank. Ich weiß, Ihr Name ist Dr.Kesselstein", gibt Küster zur Antwort.

„Ist mir auch egal, ob Kesselstein oder Kesselheim, er wird mich schon finden",

sagt Kesselheim zur Rothaarigen, während sie in den *NAW* einsteigen. Er will nicht noch unnötige Zeit mit Namenskorrekturen verschwenden. In schonender Fahrt, aber mit Sondersignal, verlässt auch der zweite *NAW* den Ort der Tragödie.

Die Rettungsassistentin kämpft sich mit dem schweren NAW geschickt durch den jetzt stark angeschwollenen Morgenverkehr. Hin und wieder kommt ihr doch ein ziemlich derber Fluch über ihre schmalen Lippen, die sie aber mit einem diskreten Rouge etwas pointiert hat.

„Ganz zu wenig Frau, das muss ja auch nicht sein", sagt sie sich-.

Kurz danach fährt der Leichenwagen der Gerichtsmedizin in den Hof des Hauses in der Brenner Allee
37 A . Sie parken den Wagen rückwärts ein, um den
mittlerweile etwa zwanzig Schaulustigen, die sich auf
der gegenüberliegenden Straßenseite eingefunden
haben, nicht noch mehr an Spektakulum zu bieten.
Den zwei Bediensteten, in ihren grauen Kitteln,
verleihen deren steifen Schirmmützen einen seriösen
und offiziellen Touch. Sie unterstreichen zudem ihr
Auftreten als Repräsentanten unbewegter Leichen-
kutscher. Kurz nach ihrer Ankunft verschwinden sie
mit einem Transportsarg im Haus. Einige Minuten
später beladen sie ihren dunkelgrauen Kastenwagen
mit dem Leichnam und fahren mit unverändert
eingerosteter Miene, so wie sie gekommen sind, auch
wieder davon .
Viel gesprochen haben die beiden nicht außer,
„Guten Morgen und Auf Wiedersehen."
„Lieber mal nicht so schnell",
gibt einer der Polizisten ihnen noch als Antwort mit.
Die beiden Stoiker nehmen den Ausspruch offenbar
gar nicht zur Kenntnis. Wahrscheinlich haben sie den
Satz schon x-mal gehört.

*

Im Haus bleiben KHK Küster und sein Oberkommissar Schneider zurück, um die Arbeiten der *KTU* zu überwachen und um Erkenntnisse über den eigentlichen Tathergang zu erfahren.

„Was haben wir?",

beginnt Küster seine Anrede an Schneider und den Leiter der KTU. Dabei klingt das Ganze eher wie ein Selbstgespräch, denn er blickt dabei keinen der Umherstehenden an. Vielmehr geht er im Flur auf und ab, blickt zu Boden und entfernt permanent kleine Borken abwechselnd aus jedem Nasenloch, die er dann als kleine gerollte Kügelchen auf den Boden fallen lässt. Diese ziemlich unappetitliche Angewohnheit seines Chefs kennt Schneider schon seit Jahren, und er weiß, dass er sich dabei ganz ins Grübeln und Nachdenken verstiegen hat und nebenbei seine Umgebung, wenn überhaupt, nur oberflächlich wahrnimmt.

Die Leute von der KTU haben es sich mittlerweile abgewöhnt, ihn immer wieder daraufhin anzusprechen, dass er fast an jedem Tatort seine persönliche DNA in Form kleiner Kügelchen hinterlässt. Ein einziges Mal konnten sie einen Mittäter überführen, der ebenfalls diese Angewohnheit hatte, als dieser

Schmiere bei einem Einbruch stand. Zunächst hatte man diese Kügelchen nicht untersuchen wollen, da man glaubte, es seien „Küster´s DNA - Kugeln. Aber als dieser beteuerte, diesen Platz nicht betreten zu haben, kam man dem schon über die DNA bekannten Täter schnell auf die Spur.

Da Küster, ansonsten ein sehr ruhiger und anständiger Mensch, mit guten Manieren ausgestattet, verzeihen ihm alle, die ihn kennen, diese exotische Begleitform der Konzentration.

Küsters Erscheinungsbild als KHK passt seltsamerweise in die Vorstellung von Liebhabern guter Kriminalfilme. Mit Anfang Fünfzig hat er einen leichten Bauchansatz, den er noch ohne größere  Einklemmungen in eine dunkelblaue Hose zwängt. Darüber trägt er heute einen dünnen, hellblauen Leinensakko, den er natürlich bei diesen Temperaturen nicht zugeknöpft hat, ebenso trägt er das weiße Hemd offen und ohne Krawatte. Sein ziemlich würfelförmiger Kopf wirkt durch die Brille mit ihrer rechteckigen  Form noch eckiger und nahezu kastenförmig.

Als Schneider ihn noch nicht näher kannte und anfänglich einige Probleme mit ihm hatte, wollte er einmal eine witzige Bemerkung über seinen Chef machen, indem er behauptete, dass man in diesen würfelförmigen Kopf einen Computer eingebaut habe.

Dieses Bonmot fand nicht die gewünschte Resonanz, die sich Schneider erhofft hatte. Man sagte ihm sogar nach, dass er damals offensichtlich Hohn mit Humor verwechselt habe.

Es hat lange gedauert, bis man den Hofnarren wie er gelegentlich hinter vorgehaltener Hand genannt wurde, wieder akzeptierte. Mittlerweile ist Schneider von der Intelligenz und Weitsicht seines Chefs absolut überzeugt, und das äußert sich in einer Solidarität zu ihm, die man als eine wahre Nibelungentreue bezeichnen muss.

An diesem albernen Vergleich von damals nagt der KOK manchmal heute noch.

Küster, nachdenklich auf und abgehend, beginnt seine vorläufige Zusammenfassung:

„ Wir haben hier einen toten jungen Mann, dessen Identität wir noch nicht kennen, der möglicherweise hier eingedrungen ist.

Wir haben einen möglichen Zeugen oder vielleicht auch Tatverdächtigen, der noch nicht ansprechbar ist und von dem wir weder wissen, wann wir ihn befragen können und ob er überhaupt seinen Herzinfarkt überlebt. Dann haben wir eine Frau, offenbar ein Opfer und auch Zeugin, die sich in einem schweren post-traumatischen, psychogenen Ausnahmezustand befindet. Auch hier können wir davon ausgehen, dass auch aus dieser Richtung so schnell keine Erkenntnisse zu erwarten sind.

Alles in allem, sehr, sehr dünn, und wir suchen nach einem Täter. Aus dem Mitschnitt des Telefonats des Passanten, der uns alarmiert hat, weiß man nur, dass er laute Schreie und Hilferufe aus dem Haus gehört habe. Gesehen habe der Mann angeblich nichts."

„Wir versuchen die Person ausfindig zu machen und werden sie dann dazu befragen. Vielleicht hat er doch noch etwas wahrgenommen, was er  aber anfangs nicht richtig  zuordnen konnte. Man wird sehen", wirft  Schneider dazwischen.

„Dann sollten wir alle Nachbarn im Umkreis von etwa einhundert Metern nach der Familie befragen. Wir wissen noch nicht einmal, ob es Angehörige gibt oder Freunde. Darum sollten Sie sich mit Ihren Leuten kümmern."

Dabei sieht  Küster den Kommissar der Schutzpolizei an.

„Und wir beide gehen jetzt einmal gründlich durchs Haus, ohne dass wir die Spurensicherer dabei viel stören wollen."

Dabei nimmt Küster seinen Assistenten Schneider kurz am Arm. Ein Bild  ziemlicher Gegensätze. Küster mit seinen 1,70 m und stabiler  Statur, dazu sein kräftiges, dichtes und etwa fünf Zentimeter langes Haar, bildet optisch einen ausgesprochenen Gegenpol zu seinem Assistenten, der ihn um mindestens zwei Kopflängen überragt.

Der dreiunddreißigjährige, drahtig und durchtrainierte

Oberkommissar Schneider sieht aus wie eine Sehne. So hat ihn mal die zweite Kriminaloberkommissarin Ulrike Stein, die alle nur Uli nennen, kurz beschrieben. Sie hat übrigens Recht.

Schneider hat im Gegensatz zu Küster einen eher schmalen Kopf, den er sich täglich komplett glatt rasiert, aber dabei schlichtweg die Rasur des Bartes vergisst, was ihm die Kollegen hin und wieder sagen. Aber daran hat sich der Hobby Triathlet mittlerweile gewöhnt.

Zimmer für Zimmer inspizieren die beiden das gesamte Haus, dabei stellen sie wiederholt fest, wie gut ihre Zusammenarbeit ist. Schneider kann nicht umhin, zum x-ten Mal zu sagen:

„Chef, ist es nicht wunderbar, wir betrachten den Tatort immer aus zwei verschiedenen Höhen, und dabei sehen wir Dinge ganz schön unterschiedlich." Küster kennt den Spruch nun schon zur Genüge. Früher hat er ihn noch mit ja bestätigt.

Seit einem Jahr nickt er nur noch. Er hat es ja begriffen und sich in der Vergangenheit hinreichend bei diesem Zwei Meter *Leuchtturm* bedankt, dass durch seine Vogelperspektive manch wichtige Erkenntnisse ans Tageslicht kamen. Übrigens heißt es nicht unbedingt, dass dieser *Leuchtturm* auch gleichbedeutend ist mit sinnhafter Erleuchtung.

Davon kann Küster ein Lied singen.

Oft genug muss er feststellen, dass es eine gute Zeit

dauert, bis bei Schneider die Zwanzig Watt- Birnen der Erleuchtung zu brennen beginnen, oder, wie man auch sagt, der Groschen gefallen ist.

Da muss dann eben der Fleiß, den er gewiss hat, das Ganze ausbügeln. Küster weiß, dass er auch diesen groben Feldstein noch zu einem durchaus gebräuchlichen Pflasterstein  formen wird. Also hält er an ihm fest.

Der Gang durch die Zimmer bringt wenig Erkenntnisse über die Familie, deren Tagesabläufe. Verwüstungen entdecken sie nicht. Im Wohnzimmer nimmt der Zweimeter Mann einen Bilderrahmen auf dem Schrank wahr, den Küster aufgrund seiner Körpergröße nicht sehen konnte. Es ist  offenbar ein Familienfoto aus früherer Zeit. Man kann Berghaus und seine Frau gut erkennen, zwischen beiden ein kleiner Junge, etwa zehn Jahre alt. Es ist das einzige Foto, das sie im Haus finden.

„Schon merkwürdig, nur ein Foto im ganzen Haus und das auch noch quasi  versteckt",

stellt Schneider fest.

„Das müssen wir mitnehmen! Sagen sie es der *KTU!*",
entgegnet Küster. Kurz danach verlassen sie das Haus, und wenig später hat auch die *KTU* ihre Untersuchungen abgeschlossen. Die Feuerwehr repariert nur notdürftig die Eingangstür, die sie morgens gewaltsam geöffnet hatte. Der KHK von der KTU  ruft Küster in

den Keller. Hier stehen sie an einer Tür, die in den Garten hinters Haus führt. Die Tür, versehen mit einem simplen Schloss, weist Einbruchspuren auf, die entweder von einem starken Schraubenzieher oder auch von der Spitze eines Lattenhammers herrühren. Seine Leute finden umfangreiche Spuren. Sie sind sich sicher, dass der Eindringling diesen Weg gewählt hat.

Kurz danach beenden sie ihre Arbeit am Tatort.
KOK Schneider versiegelt die Tür und nach wenigen Minuten liegt das Haus, mit dem kleinen Vorgarten in einer Ruhe, als wäre nichts geschehen.
In der Sommerhitze singt kein Vogel mehr.
Im Vorgarten beginnt eine große Welke.
Hinter halboffenen Rollläden erwarten die Menschen sehnsüchtig die Kühle der Nacht nach einem Tag dicht bei der Hölle.

*

Als der erste NAW die Klinik erreicht, warten schon in der Notaufnahme der diensthabende Kardiologe, zwei Schwestern und ein Pfleger. Sie übernehmen Berghaus und bringen ihn unverzüglich ins Herz-

katheter Labor. Augustin schildert knapp den bisherigen Ablauf, beginnend vom Auffinden des Patienten
bis jetzt, zur Übergabe. Die übrigen Umstände im
Haus will er noch nicht erörtern, da sie für den jetzt
nötigen medizinischen Handlungsbedarf nicht relevant
sind.

„Das Notarzt-Protokoll bekommt ihr gleich. Ich muss
es nur noch ergänzen",

gibt er einer der Schwestern mit auf den Weg. Dann
setzt er sich in den Nebenraum der Notaufnahme an
den Schreibtisch und füllt das umfangreiche Protokoll
aus. Er muss den ganzen Ablauf in Ruhe und sehr
konzentriert abarbeiten, da die lückenlose Dokumen-
tation auch entscheidend für das weitere Vorgehen ist.
Danach bringt er das Papier zum Herzkatheter Labor.
Mittlerweile sind die Kardiologen schon dabei, den
Herzkatheter zu platzieren. Als sie Augustin in der Tür
wahrnehmen, sagt der Oberarzt an ihn gerichtet:

„Wir haben uns entschlossen, zuerst einen Katheter zu
legen, denn er ist doch mit seinem Puls stabil über 50.
Ich denke, wenn wir dann eine verschlossene Kranz-
arterie eröffnen können, werden wir zwei Fliegen mit
einer Klappe schlagen. Danke Dir nochmals für deine
gute Arbeit."

Augustin hebt kurz die Hand, was so viel wie Danke
und *Tschüß* in einem bedeuten soll, und verschwindet
wieder Richtung Notaufnahme.

Er möchte jetzt einmal in Ruhe einen Kaffee trinken

und in ein frisches Croissant beißen, denn langsam meldet sich der Hunger bei ihm.

Es liegen ja noch knapp neun Stunden Dienst vor dem ganzen Team. In der Notaufnahme ist wieder Leben, stellt er fest, oder auch Sterben, -je nachdem- denn mittlerweile ist der zweite NAW mit Frau Berghaus eingetroffen und fast gleichzeitig ein Rettungswagen mit einem Unfallverletzten, um den sich bereits ein anderes Team kümmert.

Augustin geht auf Kesselheim zu und fragt:

„Wie geht es ihr, ist sie jetzt ansprechbar?"

Kesselheim schüttelt den Kopf und antwortet nur knapp:

„Wir müssen nachher mal alle miteinander reden, auch die Rettungsassistenten mit einbezogen. Mal sehen, wann wir Zeit finden."

Noch während die Schwestern der Notaufnahme ein EKG bei der Patientin anfertigen und Blut für Laboruntersuchungen abnehmen, erscheint ein Oberarzt der Psychiatrie, in Begleitung von drei jungen Assistenzärztinnen. Er, eine imposante Erscheinung, die auch dem Laien schon die Zunft-zugehörigkeit eindrucksvoll vermittelt, geht mit kräftigem Schritt auf die Patientin zu, die unverändert in ihrem *stuporösen* Zustand verharrt.

Der Psychiater imponiert nicht nur durch seine Körpergröße von mehr als 1,90 m und vor allem durch sein mindestens zwei Zentner schweres

Körpergewicht, sondern vielmehr durch seinen etwa zwanzig Zentimeter messenden roten Vollbart, der sich irgendwie mit seinem schulterlangen Haar im Halsbereich zu vereinen scheint.

Ein Hals, ist bei dieser Rübezahl ähnlichen Figur, wie sie ab und an von Patienten spöttisch benannt wird, nicht zu erkennen.

Von diesem Bild, völlig unerwartet, offenbart sich im Gespräch aber ein sehr einfühlsamer und ruhiger Mensch, mit einer weichen Stimme, sodass diese äußerlichen Attribute jetzt eher eine beruhigende und man kann sagen, behagliche Stimmung verbreiten. Absolut nichts von Rübezahl.

Etwas abseits von der Patientin, berichtet Kesselheim kurz den Ablauf des Geschehens, einschließlich des Tötungsdeliktes an dem jungen Mann. Er geht damit, im Gegensatz zu Augustin, intensiv auf die gesamte Situation ein. Dann treten sie wieder an die Trage, auf der die Patientin liegt, und Kesselheim hebt die Decke, sodass der Psychiater den entblößten Körper der Frau kurz inspizieren kann.

„Vielleicht brauchen wir auch dazu noch einen Gynäkologen",

murmelt der Bärtige und kratzt sich am Kopf.

„Ich denke, die Kripo wird bald hier auftauchen",

bemerkt Kesselheim und kurz danach verschwindet der kleine psychiatrische Trupp mit seiner Patientin im Aufzug. Als Kesselheim den Aufenthaltsraum neben der Notaufnahme betritt, sitzen bereits die vier Rettungsassistenten und Augustin um den kleinen Tisch. Jeder hat eine Tasse vor sich, die, so unterschiedlich wie ihr Aussehen, auch dementsprechend gefüllt ist. Zwei der Rettungsassistenten bevorzugen Cola, Stephan und Martina haben sich Kaffee genommen, wobei Martina mehr Milch als Kaffee in der Tasse hat. Augustin trinkt seinen Kaffee schwarz. Der unübertroffene Vorteil dieses Kunterbunt an Tassen unterschiedlicher Größe, Farbe und Aufdrucke ist sicherlich der, dass keiner aus Versehen das falsche Getränk erwischt. Ansonsten ist dieser Raum recht typisch mit seinem Sammelsurium auch in der Bestuhlung und sonstiger Dingen, von denen keiner mehr weiß, woher sie eigentlich gekommen sind. Nur hat niemand den Mut oder gar die Lust, das eine oder andere Stück endgültig zu entsorgen.

Martina ist die Einzige, die sich so etwas manchmal wagt. Sie stellt Kesselheim eine globige schwarze Tasse mit der dummen Aufschrift: 3 + 3 = sex hin und gießt ihm Kaffee ein.

„Tut mir leid, dass ich dir diese blöde Tasse geben muss, aber es war nun mal die letzte im Schrank. Irgendwann werde ich dieses idiotische Ding mal in den Müll werfen. Ich weiß nicht, woher das Unikum überhaupt kommt."

„Ist schon gut – aber 1 + 1 kann ja auch sex sein", gibt Kesselheim in die Runde, und der Spruch lockert die Stimmung etwas auf, denn sie haben jetzt ernste Dinge zu bereden.

Augustin, als der älteste in der Runde, beginnt mit einem tiefen Seufzer, dem sich dann unmittelbar ein Räuspern anschließt.

„Nun, zuerst können wir insgesamt mit unserer Arbeit zufrieden sein, denn wir haben unser Möglichstes getan und nun hoffen wir, dass die Beiden durchkommen. Die Situation an sich war schon extrem, und wir werden so manche Bilder so schnell nicht aus dem Kopf bringen. Vor allen Dingen Martina nicht, denn sie hat den Toten sofort erkannt. Aber Genaueres weiß sie auch nicht, nur dass er sich *SIR TOBY* nennt. Seinen richtigen Namen kennt sie nicht. Ich denke, wir haben den Tatort nicht wesentlich verändert und dabei keine wichtige Spuren vernichtet. Aber hier geht nun mal die Menschenrettung vor. Also keine Angst vor der Kripo. Aber die werden uns sicherlich noch gewaltig auf die Füße treten, da wir wichtige Spuren zumindest beschädigt haben."

Noch bevor Augustin sein zweites Brötchen mit Wurst belegen kann, - Croissants gibt es keine mehr-, tönt wieder sein Melder und der seiner Rettungsassistenten.:

„Leitstelle an RK-83-2.

Einsatz für *NAW*."

kommt es aus dem Funk, und in weniger als einer Minute sitzen sie wieder in ihrem *Drei-Tonner-*

*Rettungswagen.*
„RK- 83- 2 hört",
meldet sich der zweite Rettungsassistent Volker bei
der Leitstelle.

\*

Gegen  Mittag treffen Küster und KOK Schneider im
Kommissariat ein.  Die Oberkommissarin Ulrike Stein
hat schon viel telefoniert und am Computer recher-
chiert, sodass sie den beiden einen guten und fundierten Zwischenbericht geben kann. Mittlerweile zeigt
das Thermometer schon 30,5 ° und somit sind  Küster
und Schneider froh, dass sie im wohltemperierten
Büro bei KOK Uli Stein sitzen dürfen, nebenbei auch
noch mit kühlem Getränk verwöhnt werden.
Uli verbringt die meiste Zeit im Büro, wo sie ausge-
zeichnete Koordinationsarbeit verrichtet und ganz
wesentlichen Einfluss auf die Strategie der beiden
anderen Ermittler nimmt.
Schneider wäre ohne sie wirklich ein blindes Huhn.
Er arbeitet zwar sachlich und auch sehr sorgfältig,
aber es fehlt ihm leider oft die Phantasie oder ganz
einfach eine Vorstellung, warum und weshalb gewisse
Dinge passieren können.

„Die kriminalistische Leidenschaft ist in ihm noch nicht erweckt",

hat Küster mal ganz im Vertrauen der *KOK* Stein ins Ohr geflüstert, als sie mal innerhalb des Reviers eine kleine Feier abhielten und Küster sich mit dem Rotwein so intensiv beschäftigt hatte, dass er am nächsten Tag Urlaub nehmen musste.

Uli arbeitet sehr gut strukturiert und ordnet schon vorab wichtige Details. Aber ihr größter Vorteil liegt sicherlich darin, dass sie vor ihrem Diensteintritt zur Kriminalpolizei bereits ein abgeschlossenes Soziologie-Studium hinter sich hatte. So betrachtet sie die Verbrechen immer im großen soziologischen Kontext.

Diese Arbeits- und Sichtweise steht im großen Gegensatz zum eher handwerklichen Vorgehen ihres Kollegen Schneider.

Küster hat da eher das *feeling*, womit er sich in seiner Betrachtung der Dinge maßgeblich an KOK Uli Stein orientiert.

Und so ist es auch nicht erstaunlich, dass Schneider und Uli Stein keinen besonderen Draht zueinander haben. Anders ist da das Verhältnis zwischen Küster und ihr. Es ist nicht nur von großem, gegenseitigem Respekt geprägt, sondern es hat sich auch eine, man kann schon sagen, sehr freundschaftliche Beziehung zwischen den beiden entwickelt.

Küster ist seit fünf Jahren geschieden und hat sich,

wie er oft betont:

„an keinen Rockzipfel mehr gewagt".

Uli Stein ist nach drei glücklosen Beziehungen derzeit auch nicht verrückt nach einem neuen Abenteuer, weil sie vermutet, dass es, wie so oft, primär um Sex geht. Da ist ihr das freundschaftliche Verhältnis zu ihrem Chef, ohne sexuelle Annäherung beiderseits, schon wesentlich angenehmer und insbesondere nicht so anstrengend. In ihrer Freizeit spielt sie mit drei anderen jungen Frauen in einem Violine-Quartett, das sowohl Klassik als auch Pop und Rock in seinem Repertoire hat.

Küster, in der Musik eher ein Kunstbanause, hatte im vergangenen Jahr irgendwann einmal ein Konzert dieser vier jungen Damen besucht. Anschließend war er total begeistert und zählt sich seither offen zu den Fans dieses Quartetts und seiner eindrucksvollen Mischung aus Klassik, Pop und Jazz. Er erlebte eine wahre Offenbarung. Dieses Kompliment musste er den jungen Musikerinnen doch unmittelbar nach dem Konzert machen.

„Ich wäre ein Dummkopf, hätte ich dich vor vier Jahren nicht in den Laden hier aufgenommen", das sagt Küster in der letzten Zeit öfter zu der Ober-kommissarin.

Dabei kann selbst der tumbste Beobachter eine zarte Verliebtheit des Chefs in seine Mitarbeiterin erkennen. Auch Uli Stein entgehen diese Zuneigungen natürlich nicht. Sie bemüht sich eine gewisse Distanz, die sie selbst für sich festgelegt hat, nicht zu verringern, da sie ihrem Chef nicht Hoffnungen auf eine, wie auch immer geartete Beziehung, machen will. Abgesehen von den Komplimenten, die er ihr macht, findet sie ihn sehr sympathisch.

Das Verhältnis, das Schneider zu ihr hat, ist hingegen sehr trocken, man könnte es schon fast als unsentimental beschreiben.
Schneider ist, wie sein Name schon sagt, ein Handwerker, und  so verrichtet er auch seine Arbeit. Handwerklich sehr gut, genau und zuverlässig, immer nach einem bestimmten Schnittmuster,  fügt er die einzelnen Teile zusammen, vergisst weder die Besonderheiten der Knöpfe noch die Notwendigkeit der Knopflöcher. Am Ende steht ein kompletter Anzug da, der aber nur wenig von Schneiders eigener Kreativität verrät.
Das ist es, was man im Kommissariat über ihn sagt:
Er arbeitet die Fälle handwerklich sehr gut und sauber ab, aber ohne die Spur von Phantasie, ohne kriminologisches Gespür.
Dass so einer mit einer Uli Stein *nicht kann*,  ist jedem klar. Aber Streit haben beide eigentlich nie, was sicherlich in einem großen gegenseitigen Respekt begründet ist.

Uli Stein hat bereits eine Pinnwand vorbereitet. An ihr hängen mehrere DIN A4 große Fotos. Allesamt vom Tatort. Unter manchen Fotos sind die Namen der Personen angebracht. In der obersten Reihe sieht man: BERGHAUS, Winfried, daneben BERGHAUS, Ute. In der Reihe darunter der Getötete. Von ihm gibt es neben den Bildern vom Tatort mit dem Tötungswerkzeug noch zwei Bilder einer früheren Erkennungsdienstlichen Behandlung.

Küster und auch Schneider sind augenscheinlich überrascht, als sie den Namen BERGHAUS, Jens (Sohn) lesen.

„Das macht die Sache nicht gerade leichter", murmelt Küster. Dann dreht er sich zum KHK der Spurensicherung und fragt:

„Haben wir Fingerabdrücke auf der Tatwaffe?"

„Oh ja, mehrere",

antwortet dieser mit einem leichten Seufzer in der Stimme.

„Ich würde ja fast sagen, der junge Mann hat sich selbst erschlagen, wenn nicht schon der erste Schlag tödlich gewesen wäre, denn von ihm gibt es reichlich Spuren am Hammer. Aber da sind zusätzlich noch Fingerabdrücke von mindestens zwei weiteren Personen, die uns aber nicht bekannt sind. Nach denen müssen wir suchen. Da aber die beiden Zeugen nicht zu befragen sind, werden wir noch etwas im Dunklen tappen",

ergänzt der Kollege der KTU. Dann fährt er fort:
„Die Einbruchspuren an der Kellertür lassen sich dem
Lattenhammer eindeutig zuordnen.
Dass die Fingerabdrücke des jungen Berghaus auf die
Tatwaffe gelangten, ist wohl damit zu erklären, dass
der Getötete zumindest kurzfristig, wohl im Rahmen
eines Kampfes, den Hammer an sich nehmen konnte,
ihn dann aber an den Mörder verloren hat. Doch
außer einer etwas durchwühlten Schublade im
Sideboard, deutet wenig auf einen möglichen Raub
hin. Denkbar wäre auch, dass der oder die Einbrecher
überrascht wurden."

„Gibt es denn in diesem Haus so viel zu holen?
Und warum steigt jemand in ein bewohntes Haus ein,
zudem noch zu einer Uhrzeit, wo er damit rechnen
muss, die Bewohner des Hauses anzutreffen. Da passt
doch so einiges nicht zusammen.
Aber Kriminelle sind wirklich sehr oft einfach nur
blöd und strohdumm.
Daher fällt es einem schon schwer, sich in die Ge-
dankenwelt eines Täters hineinzuversetzen",
ergänzt Küster die Ausführungen des KHK der KTU.
„Aber hoffen wir auf eine baldige Genesung der
beiden Eheleute, dann werden wir die Sache sicherlich
bald beenden können",
gibt Schneider noch schnell seinen Kommentar dazu,
bevor er sich zu seinem Schreibtisch begibt, auf dem

mittlerweile zwei Stapel an Protokollen zu finden sind, die die Kollegen durch die Befragung der Nachbarn angefertigt haben.

Schneider hat sich wie immer beim Aktenstudium einen großen DIN A4 Block zurechtgelegt, auf dem er Auffälligkeiten, Widersprüche, Gemeinsamkeiten und auch sonstige Sonderlichkeiten notiert. Dann bildet er Kästchen, zeichnet Verbindungs und Trennlinien und führt unentwegt Selbstgespräche. In der Regel stellt er dann seine Fleißarbeit als Diskussionsgrundlage an der Pinnwand vor. In den ersten Jahren seiner Dienstzeit im LKA war seine Selbstüberschätzung so massiv, dass er mit einer gewissen Arroganz jeglichen Diskussionsansatz sofort abwürgte.

Eines Tages war das Maß voll. Wieder einmal hatte er sich in seinen Nachforschungen derart verstiegen, dass kein Mensch mehr dem Sammelsurium an Fakten folgen konnte.

Küster selbst stieg da auch nicht mehr durch. Also beendete er, dieses Mal etwas schroff, Schneiders Ausführungen mit den Worten:

„Lieber Kollege Schneider, Hut ab vor ihrer überaus intensiven Recherche. Es ist schon eine starke Fleiß-arbeit, die dahinter steckt. Aber die Zusammenhänge sind von keinem hier im Saal mehr nachvollziehbar, und bevor sie diese holprige und nur wenig amüsante Büttenrede fortsetzen, entziehe ich ihnen hiermit das Wort."

Schneiders Betroffenheit verursachte eine traurige Stimmungslage bei ihm, die dazu führte, dass er die folgenden vier Wochen lang nur noch Dienst nach Vorschrift machte.

Seit dieser Episode, die offenbar zum Umdenken bei ihm geführt hatte, ist er mit seinen vorschnellen Schlussfolgerungen sehr vorsichtig geworden.

Heute bleibt sein Blatt ziemlich leer.

„In dieser Straße muss wohl ein seltsames Virus gewütet haben, denn fast alle Bewohner sind blind und hören können sie auch nicht mehr. Ebenso ist ihnen das Wortgedächtnis wie auch Satzprägungen offenbar größtenteils abhandengekommen. Aber wie kann eine ganze Straße mit so vielen *Behinderten* leben?",

fragt Schneider spöttisch, denn die umfangreiche Befragung der Nachbarschaft hat offenbar keinerlei Erkenntnisse gebracht.

\*

Auf der Neurologischen Intensivstation befindet sich Frau Berghaus weiterhin in dem gleichen desolaten Zustand, in dem sie von den Notärzten aufgefunden wurde. Eine CT-Untersuchung des Gehirns ergab keinen pathologischen Befund. Auch im *EEG* waren keine Auffälligkeiten nachweisbar. Aber man muss versuchen, die Patientin so schnell wie möglich aus diesem Zustand herauszuholen, da sonst schwere Komplikationen drohen.

Mehr will man dem KHK Küster nicht sagen, der am späten Nachmittag in der Klinik erscheint. Als er sich dann gegen 17 Uhr mit Schneider vor der Notaufnahme trifft, hat dieser auch keine gute Nachricht.

„Herr Berghaus hatte in der Tat einen großen Herzinfarkt, und man konnte, da er sich noch im *Zeitfenster* befand, über einen Herzkatheter einen *Stent* implantieren."

„Na, das hört sich doch gut an",
unterbricht Küster. Doch Schneider holt tief Luft, runzelt die Stirn und streicht sich mit der flachen Hand über den kahl rasierten Schädel, dann fährt er fort:

„Die Sache geht noch weiter. Kurz danach, als der Eingriff schon zu Ende war, bekam er einen Herzstillstand und musste reanimiert werden. Seither liegt er in einem künstlichen Koma. An eine Befragung ist vorerst nicht zu denken.

Und was gibt es Neues von der Frau?",
fragt er seinen Chef.

„Gleicher Zustand wie heute Morgen. Also auch hier keine Befragung möglich. Zwei Zeugen, und keiner kann uns helfen. So ein Mist!", flucht Küster laut vor sich hin, und kurz danach verschwindet sein rechter Zeigefinger in einem der Nasenlöcher.

Küster denkt nach!

Noch bevor er eine seiner berüchtigten Borkenkugeln im Flur verschießen kann, erscheint Martina, die Rettungsassistentin des zweiten Notarzt-Teams, im Flur.

Als Schneider sie wahrnimmt, wird der an sich schon drahtige und sehnige noch drahtiger und sehniger, sodass er sich in eine schon eine ziemlich groteske Haltung verbiegt, die er aber überhaupt nicht beabsichtigt. Das weibliche Wesen, das jetzt vor ihm steht, hat nur wenig gemeinsam mit der Rettungsassistentin von heute morgen in ihrer Schutz und Sicherheitskleidung, dazu die schweren klobigen Sicherheitsschuhe, die Haare streng nach hinten gekämmt und mit einem Gummiring fixiert.

Das, was ihm jetzt gegenübersteht, ist eine junge Frau mit mittellangen, kleingelockten roten Haaren, die sie offen trägt und die einen schönen Rahmen für das zarte Gesicht bilden. Die Mundwinkel hat sie leicht nach oben gezogen, wie zum Beginn eines zarten Lächelns.

Schneiders Blicke bewegen sich, wie von einer magischen Hand geführt, auf das dunkelblaue Top, das mit seinen spärlichen Spaghettiträgern eine schön geformte Brust verdeckt.

So denkt Schneider, denn sofort hat er festgestellt, dass sie keinen  BH darunter trägt.

Noch mehr enteilt ihm sein Testosteronspiegel beim Anblick ihrer extrem kurzen Hot-Pants aus einem hellen Jeansstoff.

Martina erkennt sofort die Wirkung ihrer Erscheinung auf diesen durchtrainierten, wie Leder gegerbten Typen, der, außer Entsagung und Kampf gegen sich selbst, wahrscheinlich wenig anderes kennt. Aber jetzt hat er offenbar all seine Kampfmoral verloren, denn er versucht, wenn auch sehr holprig, der Rettungsassistentin schöne Komplimente zu machen.

Man merkt sofort, dass ihm darin Erfahrung und auch die simpelsten Grundkenntnisse fehlen, ganz zu schweigen von der aktuellen Art und Weise, wie sich junge Leute austauschen, wenn sie einander nett und anziehend finden.

Also beginnt er seine tollpatschigen Schmeicheleien: „Das, was Sie jetzt tragen, steht Ihnen wirklich besser als die Kluft als Rettungssanitäter heute Morgen. Würden Sie das immer tragen, dann ginge es den Patienten bestimmt gleich besser."

Martina, die diese plumpe Art von Komplimenten in der Tat hasst wie der Teufel das Weihwasser, merkt aber sehr schnell, dass sie hier einen ungeschickten, unerfahrenen und zudem recht einfältigen Verehrer vor sich hat. Eigentlich hat sie mehr Mitleid für ihn als Abneigung.

Und so willigt sie auch sofort ein, als Schneider ihr
den Vorschlag macht, dass man ja in dem Eis-Café
unterhalb der Klinik, eine kleine Erfrischung zu sich
nehmen könne.

Küster ist froh, dass er seinen Adlatus so schnell aus
den Augen und den Füßen hat, denn

„Neuigkeiten gibt es keine, und bevor dieser wieder
mit seinen Spinnereien anfängt, bin ich lieber allein",
denkt sich Küster, hebt lässig die Hand wie zum Gruß
und verschwindet durch die Wagenhalle der Notaufnahme nach draußen.

Nach der Zusage der schönen Rothaarigen löst sich
bei dem extremen Sehnenmann Zug um Zug die
Verspannung und seine vorher grotesk anmutende
Körperhaltung hat er wieder in eine weitgehend
normale Form gebracht. Jetzt wird sein Redefluss auch
leichter und lockerer und von Hölzernheit merkt man
nichts mehr.

Er ist sowieso der Einzige, der auf dem Weg zum Café
redet. Nach etwa fünf Minuten können sie noch einen
kleinen Tisch besetzen. Da dieser ungeschützt in der
prallen Sonne steht, wird er offensichtlich gemieden.
Hier zeigt sich Schneider als der Macher. Kurz und
ohne jegliche Scheu geht er zum Nebentisch und fragt
höflich, aber ganz bestimmend, ob es nicht möglich
sei, ob die beiden unter dem Sonnenschirm nicht
etwas nach rechts rücken könnten, damit er mit seiner

Begleitung nicht in der prallen Sonne sitzen müsse und sie sich somit den Schatten teilen könnten. Dabei zeigt er auf seinen kahl rasierten Schädel.

Die junge Frau am Tisch fragt Schneider:

„Sind Sie nicht gerade dort aus der Klinik gekommen?"

Dabei zeigt sie auf das große Backsteingebäude.

„Aber ja doch",

gibt Schneider zur Antwort.

„Dann müssen Sie natürlich unbedingt in den Schatten, wir können das gerne arrangieren",

gibt sie zur Antwort und hat dabei einen auffallend mitleidvollen Blick, den Martina sofort registriert. Sie ist sich sicher, dass die Großzügigkeit der *Schatten – Verteilerin* damit zu begründen ist, dass sie diesem wahrscheinlich durch einen Tumor ausgezehrten und mit Chemotherapie zum glatzköpfigen verunstalteten Mann jede Hilfe zukommen lassen muss. Offenbar gehört sie zu dieser Spezies an Samaritern, denen bei all ihrem altruistischen Denken hin und wieder die Klarheit nicht nur ein wenig abhandengekommen ist. Schneider in seiner Sprödheit, hat all diese Nuancen natürlich nicht wahrgenommen. Er ist froh, dass ihm die Teilhabe unter dem Sonnenschirm so problemlos gelungen ist.

Er hat überhaupt keine Vorstellung, warum und wes-halb die junge Frau ihn nach der Klinik gefragt hat.. Auch konnte er sich keinen Zusammenhang für ihre

Großzügigkeit erklären. KOK Schneider steht mal wieder wie so oft komplett auf der Leitung.

Martina hat natürlich sofort gemerkt, wen sie da vor sich hat.

„ Wie kann denn solch ein Einfaltspinsel komplizierte kriminalistische Probleme erkennen, geschweige denn lösen",

sagt sich Martina und bestellt einen Eiscafé.

„Den bezahle ich natürlich",

wirft Schneider sofort ein.

„Also trotteliger kann man wohl überhaupt nicht sein. Wo kommt denn so einer überhaupt her?",

sagt sich Martina . Solch einem Exoten ist sie bisher noch nicht begegnet. Ganz im Gegensatz zu ihm kann sie ein lockeres Gespräch führen und fragt ihn sehr direkt, wie lange er schon hier bei der Kripo sei und wo er vorher tätig war.

Schneider liebt es, seinen Lebenslauf ausführlich und manchmal ziemlich schnörkelhaft darzustellen. Streicht man seine unbedeutende Schulzeit, ist die ganze Geschichte aber recht einfach und kurz erzählt. Ein wahrhaft langweiliger Mensch, der sich haupt-sächlich für seinen Triathlon und seinen Beruf interessiert.

Einzig die Tatsache, dass er durch den Vater zum Langläufer und Radfahrer wurde, vermittelt eine leise Spur von Interesse. Schneider entstammt einer Post-Beamtenfamilie. Der Vater war Briefträger, und er hat über Jahre hinweg den Jungen mit dem Fahrrad und auch zu Fuß auf seinen Touren mitgenommen.

„Das war sicherlich der Grundstock für meine sportlichen Ambitionen"

beendet Schneider seine Ausführungen. Martina versucht ihr Desinteresse an seinen Geschichten zu verbergen, aber Schneider bemerkt so etwas überhaupt nicht. Jetzt sieht sie die Gelegenheit, ihm so einige Details über den Toten vom Vormittag zu berichten. Sie beginnt mit ihrem Auftritt, als sie kurz nach der Sichtung des Toten aus dem Haus läuft und sich erbrechen musste.

„Eigentlich bin ich ja keine Memme. Ich hab schon sehr viel gesehen und erlebt. Aber in diesem Fall war die Sache schon wesentlich anders, denn ich habe den Toten, wenn auch nur flüchtig, gekannt. Seinen richtigen Namen kenne ich nicht. Er nannte sich immer selbst Sir Toby. Auch haben ihn seine Kumpels aus seiner Clique nur so angesprochen."

Schneider zeigt jetzt mehr Interesse an diesem Sir Toby und seiner Clique als an der reizvollen Martina, für die dafür andere Männerblicke einen zumindest ebenbürtigen Ersatz bieten, was der jungen Frau auch sichtlich gefällt.

„Kennen Sie das Andorra? Ich meine den Club Andorra",

fährt Martina fort. Schneider nickt kurz, denn er nimmt gerade einen großen Schluck aus seinem

Radler.

„Also ich war nur drei- oder vielleicht viermal in diesem Laden. Es gibt dort gute Musik und jede Menge Publikum. Anfangs habe ich das noch nicht so bemerkt, aber neben sehr vielen, ich nenne es mal, ganz normalen Leuten, sind da auch einige Gruppen an *Alkis* und *Junkees* unterwegs.

In diesem Zusammenhang wurde mir Sir Toby mit seiner Clique von einem ehemaligen Mitarbeiter vorgestellt, der wegen Drogenproblemen, die er jetzt immer noch hat, bei uns rausgeflogen ist. Nun ja, dieser Sir Toby, vielleicht heißt er auch Tobias, aber ich weiß es wirklich nicht, hat beim ersten Treffen einen ganz netten Eindruck gemacht. Er hat zwar viel geredet, aber ansonsten war er nicht besonders auffällig, wie so manch anderer aus seiner Clique. Bei den beiden anderen Treffen war er entweder voll auf Drogen oder zusätzlich mit Gin oder Wodka *betankt*. Dann war er unerträglich und seine Anmache war einfach widerlich. Ich bin dann auch nicht mehr in diesen Club gegangen. Das Publikum hatte sich zudem sehr verschlechtert. Ganz besonders diese blöde Clique um Sir Toby, die sich *Sturmvogel 2* nennt, hatte ganz entsetzlich dumme Auftritte. Vielleicht erfahren Sie über diese Mitglieder mehr. Einen davon kenne ich mit seinem richtigen Namen. Er heißt Andreas Walstadt und ist der Freund meines ehemaligen Mitarbeiters. Das Ganze ist mittlerweile mehr als zwei Jahre her."

Als Martina wahrnimmt, dass sich Schneider während
des Gesprächs Notizen macht, ist sie erleichtert, denn
bevor die Kripo auf sie zukommt, was sicherlich nicht
so gut bei der Klinik ankommt, übernimmt sie gerne
die Initiative. Schneider ist zudem froh, jetzt einige
Details über den Toten erfahren zu haben, die weder
Küster noch Uli Stein kennen.

„Das wird mir sicherlich Pluspunkte verschaffen",
denkt er sich. Mittlerweile empfindet Martina die
Anwesenheit Schneiders schwer erträglich, sodass
sie die Begegnung abrupt beendet, indem sie auf ihre
Uhr blickt und sagt:

„Du lieber Himmel, ich hab ja fast das Treffen mit
meinem Freund vergessen. Sie entschuldigen mich,
aber ich muss mich beeilen. Und nochmals vielen
Dank für den Kaffee."

Noch bevor Schneider an einer Antwort, die eigentlich eine Frage nach dem nächsten Treffen sein sollte
herumbastelt, hat der mit sich selbst beschäftigte
*Ameisenhaufen* leicht bekleideter Menschen, der sich
dicht gedrängt durch die schattigen Alleen bewegt,
die schöne Rote bereits komplett in sich aufgenommen. Schneider, der mittlerweile seine gedrechselte
Frage im Selbstgespräch fertiggestellt hat, kann die
reizende Martina schon nicht mehr wahrnehmen.
Reichlich enttäuscht verlässt er das Café.

Etwa eine halbe Stunde später, sieht man ihn auf

seinem Rennrad, stadtauswärts. Der sehnige KOK
fährt sich wieder einmal den Frust von der Seele.

*

Pünktlich um 9.15 Uhr, wie vereinbart, treffen sich
die drei Kommissare, auch wenn es Samstag ist, am
Eingang zum Institut für Rechtsmedizin. Das Thermometer zeigt schon 24 ° und der Tag soll noch wesentlich wärmer als die Tage zuvor werden. Küster
trägt heute mal keine Jacke, denn sein Hemd zeigt
schon jetzt Schweißspuren. Er ist sowieso bei jeder
Sektion immer wieder angespannt, obwohl er das
Ganze schon  mehrere Hundertmal mitgemacht hat.
Dieser Umstand hat natürlich seine Schweißneigung
gefördert. Schneider kaut unablässig auf einem stark
pfefferminzhaltigen Kaugummi und bläst hin und
wieder kleine ballonähnliche Gebilde, die er dann
zum Platzen bringt. Offensichtlich hat er schweißige
Hände, die er dauernd an den Oberschenkeln seiner
Hose abreiben muss, die dort natürlich schon deut-
liche Spuren hinterlassen haben.
Uli  Stein macht den gelassensten Eindruck. Sie hat ein

leichtes Lächeln auf ihren Lippen. Ihre Augen sind trotz der Helligkeit durch die schon hoch stehende Sonne weit und erwartungsvoll offen. Trotz der Hitze trägt sie eine Bluse, anstatt irgendeines Tops. Unter ihrem rechten Arm eingeklemmt, ihre bekannte Schreibmappe, die sie zu allen Besprechungen mit sich führt. Als man den Schlüsselbund und das Aufschliessen der Eingangstür zur Pathologie hört, räuspert sich Küster kurz und sein Ton hat jetzt einen befehlsartigen Charakter, indem er sich zu Schneider wendet: „Wenn wir jetzt da reingehen, dann bleibt aber dieser dämliche Kaugummi hier draußen! Und sollten Sie sich nicht von ihm trennen wollen, dann bleiben Sie gleich mit ihm hier draußen!"

Schneider hat verstanden. Regungslos nimmt er den Kaugummi aus dem Mund und wickelt ihn in ein Einmaltaschentuch. Mittlerweile hat der Pathologe die Tür geöffnet und die Kommissare eintreten lassen. Er begrüßt jeden mit einem Händedruck. Zuerst Uli Stein und diese ganz besonders herzlich, denn die beiden haben schon viele und lange Gespräche miteinander geführt.

Küster und Schneider erhalten nur noch einen formellen Händedruck. Da es Samstag ist, will Prof. Dr. Mayer die Ausführungen so kurz wie nötig halten. Wichtige Details sollen aber nicht unerwähnt bleiben. Über die Todesursache lässt er sich nicht weiter aus, was auch verständlich ist bei dieser schweren

Kopfverletzung.

„Aber viele Jahre hätte der junge Mann bei seinem Lebenswandel sicherlich nicht mehr gehabt", bemerkt Prof. Mayer ganz emotionslos. Dann nimmt er eine lange Pinzette und führt sie in je ein Nasenloch des Toten ein.

„Sehen Sie hier, die Nasenschleimhaut ist massiv chronisch geschädigt und die Nasenscheidewand ist nur noch papierdünn wie Pergament. Typisch für einen längeren Kokainkonsum. Aber der junge Mann hat das Kokain zusätzlich noch geraucht und so sieht auch seine Lunge aus. Eine typische *Crack-Lunge*, die in wenigen Jahren zum Tod geführt hätte. Zudem hat er bereits schwere Gefäßveränderungen an den Herz-kranzarterien, auch durch den Crack Konsum. Ein chronischer Alkoholkonsum, der ja nahezu zwangs-läufig bei Heroin-und Kokain Konsumenten zu finden ist, da sie glauben, mehr Alkohol trinken zu können, was natürlich nicht stimmt, hat bereits zu einem schweren Leberschaden geführt. In seinem Blut fanden wir noch 2,2 Promille Blutalkohol sowie Spuren von Metamphetamin. Also war er auch hier-von ein guter Konsument.

Offenbar hat der Knabe wirklich nichts ausgelassen. Ältere Rippenbrüche und ein alter Unterarmbruch links lassen auf einen Unfall oder mehrere Unfälle schließen.

Ein auffälliges Tattoo an seinem linken Oberarm, ein

Vogel, darunter in kursiver Schrift *Sturmvogel 2*

Kampfspuren oder Abwehrspuren lassen sich nicht nachweisen, also kam der tödliche Angriff offenbar völlig unvorbereitet von frontal etwas seitlich. Der Angreifer war Rechtshänder.

Den schriftlichen Bericht haben Sie spätestens Montagmittag. Und nun will ich Sie nicht länger hier festhalten."

Küster und Schneider verabschieden sich prompt, nachdem sie sich bei der Koryphäe bedankt haben und begeben sich in eiligen Schritten nach draußen. Ihren Gang vollziehen sie aber seltsamerweise verhalten und langsam, sodass jeder diesen Widerspruch sofort erkennen kann. Zum einen ist ihr Bestreben, so schnell wie möglich diesen Ort medizinischer Offenbarung zu verlassen. Zum anderen wollen sie aber mit ihrem, *angedeuteten Flaniergang,* wie man ihn in häufig Museen sieht ,den sie aber bedauerlicherweise hier ziemlich plump ausführen, nicht den Eindruck einer Flucht aufkommen lassen.

Uli Stein und Prof. Mayer stehen noch im Flur beieinander, und mit einem leicht heiteren Blick verfolgen sie die beiden *Flüchtetenden*, die sowohl am Gang, als auch an ihrer Konstellation irgendwie große Ähnlichkeit mit Lachnummern aus der Kintopzeit aufweisen.

Prof. Mayer weiß, dass diese Kurzdarstellung von eben für Uli Stein nur das Entree sein kann, denn in allen

Fällen haben die beiden oft stundenlang miteinander die Fakten diskutiert und bewertet.

Mayer, Anfang fünfzig, mit kurzem Haarschnitt, aber schon komplett ergraut. Die Haut blass, wie bei den meisten seiner Leichen. Seine schwarz umrandete Hornbrille unterstreicht die Aura des Wissenschaftlers, der den Tod nicht scheut, sondern in ihm den Abschluss eines Lebens sieht, dessen Verlauf er so weit wie möglich versucht nachzuvollziehen. Mit seinen 1,85 m ist er deutlich untergewichtig und die Sektionskleidung, die es nur wie die OP-Kleidung in den Größen S-M- L und XL gibt, hängt schlotterig um ihn herum, sodass er schon ein bedauernswertes Bild abgibt.

Schneider hat schon mal in seiner Derbheit bemerkt: „Dieser Hungerknochen unter seinem schlottrigen Hemd und dann dieser Kopf, da erschrecken ja noch die Leichen".

Uli sieht auch, dass dieser Mann nicht gesund aussieht, aber sie hat sich daran gewöhnt, denn sie kennt ihn schon seit zwei Jahren so. Faszinierend findet sie aber seine umfassende Allgemeinbildung und den Umgang mit *seinen Patienten,* wie er voller Respekt die Leichen benennt. Es ist sicherlich keine Marotte, wenn er den oder die zu Sezierende mit ihrem Namen begrüßt und ihr oder ihm die Hand drückt. Für Mayer ein Zeichen der Ehrerbietung und des Respekts vor dem Toten,

dem er Tage zuvor ja auch so begegnet wäre. Vor
Jahren hat er einmal einen jungen Sektionsgehilfen
auf der Stelle gefeuert, als sich dieser über Mayers
Umgang mit den Leichen lustig gemacht hatte. In
seiner Begründung, die schon einem Kurzgutachten
gleichkam, hatte er dem jungen Mann jegliche sittliche
Reife, noch dazu den nötigen Respekt gegenüber den
Toten und seinem Chef, also Mayer persönlich, abge-
sprochen.
Gegen diese Art der Kündigung wollte niemand einen
Feldzug führen, auch nicht das Arbeitsgericht.

Allein schon der erste Zugang zu seinen Leichen ist
für Uli Stein keinesfalls makaber, sondern in diesen
Begegnungen sieht sie Rituale einer tiefen Menschlich-
keit, die auch über den Tod hinausgehen.
Wie schade, denkt Uli des Öfteren:
„Dieser Mann hat so viel Respekt und Anstand vor
den Toten, wie viele mancherorts nicht vor den Lebenden haben, auch wenn unter seinen Patienten hin
und wieder schwere Verbrecher sind."
Dann fühlt sich Uli verständlicherweise wohler in
Gegenwart dieses Pathologen mit all seinen Leichen
im Sektionssaal, als in einem der angesagten Clubs, mit
illustrem und morbidem Publikum, in dem weitest-
gehend  Respekt und Anstand verlorengegangen sind.

*

Prof. Mayer und Uli haben sich wieder im Sektionssaal am Kopfende des Metalltisches aufgestellt, auf dem der junge Berghaus aufgebahrt liegt. Sie nehmen das grüne Tuch weg und der Tote liegt nackt vor ihnen. Beide stehen zunächst schweigend da und sehen sich den Leichnam intensiv von oben bis unten an.

Zu Mayers Grundaussagen bei seinen Vorlesungen vor Studenten gehört:

„Der Tote, der da vor uns liegt, ist wie ein geöffnetes Buch. Wir müssen uns nur die Mühe machen, es zu lesen, um es zu verstehen."

„Nun, Herr Berghaus, was haben Sie uns zu erzählen, was wir noch nicht von Ihnen wissen?",

beginnt Mayer das Zwiegespräch mit dem Toten, in das sich Uli Stein einloggt und quasi als Vertreter des Verstorbenen Antworten gibt, soweit sie diese aus den bisherigen Fakten herleiten kann.

„Wie kommt es, dass Sie mit 26 Jahren schon so vorgealtert und heruntergekommen aussehen. Ihre Haut ist wie Pergament. Ihre Haare sind verfilzt. Ihr Gebiss, eine reine Müllhalde. Der Zustand ist schon mit Verwahrlosung zu beschreiben. Wo und wie leben Sie? Gehen Sie einer Tätigkeit nach?

Den Händen nach zu urteilen zumindest keine körperlich schwere Arbeiten."

So beginnt Mayer seine erste Ansprache. Uli hat ihre Unterlagen schon bereit und antwortet:

„Also, wie Sie bereits wissen, gibt es seit meinem fünfzehnten Lebensjahr ein größeres Drogenproblem, zunächst nur *Gras*, dann auch mal eine gewisse Zeit geschnüffelt, besonders Deo Sprays, Haar Sprays und Nagellackentferner, die wir uns durch Ladendiebstahl besorgt haben. Daher auch die erste Jugendstrafe, die aber mein *Alter* beglichen hat. Seither kennt Ihr mich auch. Danach kamen noch andere kleinere Delikte, wie Beleidigungen und Schlägereien hinzu, aber das kam dann etwas später, als ich auf Crack und Wodka umgestiegen bin. Eine Berufsausbildung habe ich nicht, nur so Gelegenheitsjobs. Ein *Drogendealing* konnte man mir nie nachweisen.

Als Aufenthaltsort bin ich immer noch in der Brenner Allee 37A gemeldet, aber dort wohne ich schon mindestens zwei Jahre nicht mehr.

Die Verwahrlosung hat nach dem Verlassen des Elternhauses begonnen und eine feste Unterkunft gibt es nicht."

Mayer hört interessiert zu, dann streicht er sich über sein Kinn und nach einer kurzen Pause fragt er:

„Was hat das mit den Tattoo *Sturmvogel 2* auf ihrem

linken Arm für eine Bewandtnis?

So ein Tattoo ist mir noch nicht begegnet."

Uli Stein hat keine Antwort darauf, da sie den Namen und auch das Tattoo zum ersten Mal sieht und davon hört. Sie macht sich Notizen und fertigt mehrere Fotos mit ihrem Smart-Phone an.

„Das werde ich in Ruhe recherchieren",

gibt sie Mayer zur Antwort.

„Was ist mit Ihren Eltern? Aus welchem Milieu stammen Sie, Herr Berghaus?"

Uli Stein blättert wieder in den Unterlagen, dann fährt sie fort:

„Der Vater, Winfried Berghaus, selbständiger Finanzberater. Aktenkundig wegen Fahrens unter Alkoholeinfluss mit einem Entzug der Fahrerlaubnis über 3 Monate. Das war vor 5 Jahren, seither ist Ruhe eingekehrt.

Die Mutter, Ute Berghaus.

Da gab es die Beleidigungsklage gegen einen Friseur, weil dieser sie ihrer Ansicht nach derart verunstaltet habe, dass ihr Mann daraufhin mehrfach Bordell-besuche bevorzugte. Durch diese Verunstaltung habe sie stark an Attraktivität eingebüßt. Nach einem psychiatrischen Gutachten über Frau Berghaus wurde die Sache eingestellt, allerdings mit der Auflage, dass sie sich einer Therapie bei einem Neurologen oder Psychiater unterziehen müsse. Das Gutachten und auch die Diagnose liegen nicht vor. Sie hat früher, bis vor 10 Jahren, als Apothekenhelferin gearbeitet."

„Es könnte sich um eine latente Psychose handeln", wirft Mayer ein.

„Gibt es noch weitere Kinder aus dieser Ehe oder nähere Verwandte, die man befragen kann?"

Uli Stein schüttelt den Kopf.

„Aber Frau Berghaus befindet sich seit dem aktuellen Ereignis in einem noch andauernden psychogen Ausnahmezustand, einem dissoziativen Stupor, wie ihn die Neurologen nennen. Wir können sie immer noch nicht befragen.

Ich denke, wir kommen hier wirklich nur über die Fakten des Getöteten, seine Biografie und sein Umfeld weiter. Wir können uns den Tathergang überhaupt schlecht vorstellen. Nahezu alles muss nochmals auf den Prüfstand",

sagt Uli, und Prof Mayer nickt. Dann stellt sie sich vor ihn, hebt den rechten Arm und führt eine schlagende Bewegung Richtung Kopf des Pathologen aus. Dieser weicht dem Schlag etwas zur Seite aus und hebt seinen linken Arm zur Abwehr. Danach dreht sich Uli, sodass sie mit ihrem Rücken vor dem Pathologen zu stehen kommt. Dann führt sie mit ihrer linken Hand einen nach hinten ausgeführten Schlag aus, der den Kopf des Pathologen treffen könnte. Dabei dreht sie sich um die eigene Achse.

Es erfolgt keine Abwehrbewegung.

„Also, wir können davon ausgehen, dass ein Frontal-
angriff von einem Rechtshänder ausgeführt wurde,
aber dass ein Angriff auch von einem Linkshänder mit
einem rückwärtigen Schlag erfolgt sein könnte. Ein
Rechtshänder hätte ihn bei solch einem rückwärtigen
Schlag an der rechten Schläfe getroffen. Somit müssen
sich Opfer und Täter zumindest gekannt haben, wenn
sie so dicht beieinander waren",

stellt Uli fest.

„Nur fehlt uns weiterhin jedes Motiv. Ich denke, wir
kommen im Moment nicht weiter und das schon
komprimierte Wochenende will ich ihnen nicht noch
mehr verkürzen."

So beendet Uli an diesem Morgen ziemlich abrupt das
Gespräch. Sie ahnt aber nicht, wie gerne dieser Mann
ein ganzes Wochenende mit einem lebenden
Menschen verbracht hätte, anstatt mit Wissenschaft
und alleinigen Spaziergängen am Rheinufer, wo er
Schwäne füttert und hin und wieder kurze Gespräche
mit Hundebesitzern führt, denn das ist immer ein
Thema, mit dem man leicht ins Gespräch kommen
kann. Obwohl er wirklich zu den wichtigen
Pathologen des Landes zählt, hat er massive Probleme
im Umgang mit den Menschen auf der
Uferpromenade, gerade dann, wenn irgendwann
einmal das Gespräch der Hundefreunde über
Hundeerziehung und Hundehaltung in persönliche
Darstellung abzudriften droht. Spätestens ab jetzt ist

höchste Vorsicht angesagt, denn mit einem der *Leichen aufschneidet* möchte man ja nicht unbedingt Kontakt haben. Und Mayer sieht sich schon in naher Zukunft als den vereinsamten Spaziergänger am Rheinufer, da die Hundebesitzer nach interner Absprache andere Wege suchen werden.

Und so läuft Mayer quasi inkognito, aber immer noch allein, seine Lieblingspromenade auf und ab.

Der Beruf und die Wissenschaft, das ist seine Welt.

Hier hat er Achtung und Anerkennung, aber von dem Leben außerhalb hat er sich gewaltig isoliert. Nur über Uli Stein findet er so einen hauchdünnen Faden in die andere Welt. Diesen Faden würde er gerne zu einem festen Strick, nein, zu einem dicken Seil drehen und sich wie diese einzelnen Fäden verdrehen und verknoten lassen, wenn diese Frau es nur wünschen würde.

Aber Uli hat bisher noch nichts davon gespürt.

Auch heute nicht bei der Verabschiedung.

Sie entschließt sich, bei der Hitze noch einige Stunden im  Büro zu arbeiten. Dabei will sie unbedingt über diese seltsame Sturmvogel Geschichte recherchieren.

In der Stadt sieht man unzählige Menschen, die vergeblich einen schattigen Platz in einem der heillos überfüllten Straßencafés suchen.

„Den Stress muss ich mir nicht noch antun",
sagt sie sich. Sie will sich dafür am Abend mit zwei ehemaligen Studienfreunden unten am Yachthafen in

einem Restaurant treffen. Das Lokal, hat sie aufgrund der bekannt guten Speisekarte und des schönen Ausblicks auf den Rhein gewählt. Ansonsten sind ihr die Yacht Besitzer dort ziemlich zuwider, denn viele von ihnen umgibt so ein Parfum des Neureichen, von dem jene glauben, dass sie dieses unablässig und aufdringlich an ihre Umgebung abgeben müssen.

Der Wirt, ein echter Eingeborener, korrigiert diese jungen Parvenüs wenn sie versuchen, durch ihr Benehmen neue Sitten und Gebräuche einführen zu wollen. Dann klärt er die Situation in dem er laut ruft, sodass es jeder im Lokal vernehmen kann:

„Jetzt haltet mal den Ball flach! Es ist noch nicht so lange her, da haben Eure Väter nach der Hälfte des Monats hier noch anschreiben lassen. Die verhielten sich aber im Gegensatz zu euch ruhig und manierlich. Und ihr hier, macht mal nicht so auf dicke Hose."

So hält er seinen Laden am Laufen. Irgendwie finden alle das Lokal chic und total angesagt, ganz besonders aber wegen der Eigenart des Wirtes, der in der Tat von seinem Aussehen wie auch in seinen Gesten eine verblüffende Ähnlichkeit mit dem Wirt aus dem Film Ryan´s Tochter aufweist. Möglicherweise hat ihm dieser Typ enorm imponiert, sodass er in der Tat eine gut gelungene Kopie dieses Mimen abgibt.

In den nächsten Stunden ist Uli hauptsächlich damit beschäftigt, Informationen über diesen *Sturmvogel 2* zu gewinnen. Sie findet umfangreiches Material über einen deutschen Jugendbund, der sich nur Sturmvogel nennt und 1987 gegründet wurde. Es waren Leute, die aus der rechtsextremen Wikingjugend stammten. Diese neue Bewegung wollte den neonazistischen Kurs nicht mittragen. Anfänglich gab es auch noch Anhaltspunkte für rechtsextreme Bestrebungen. In den Jahren 1995/96 war er in verschiedenen Ländern ein Beobachtungsobjekt der Verfassungsschutz-behörden. Derzeit wird die Organisation in ihrer Entwicklung lediglich mit großer Aufmerksamkeit verfolgt. Aber eine Unterorganisation Sturmvogel 2 Eintragung kann sie in keinem Register finden, auch nicht bei anderen Landeskriminalämtern. An den Verfassungsschutz kommt sie jetzt nicht ran.

„Aber vielleicht sind die Sturmvögel 2 noch so jung, dass sie noch gar nicht registriert wurden, oder sie sind apolitisch, was auch ihre Unbedeutsamkeit erklären könnte",

sagt Uli so vor sich hin und verlässt das LKA.

Sie will noch kurz nach Hause, um sich frisch und ein wenig schick zu machen, denn so, wie sie jetzt daher-kommt, möchte sie den Studienfreunden heute Abend nicht begegnen. Da sie die Absicht hat, an diesem schönen, warmen Sommerabend zu einem guten Essen auch etwas Wein oder auch Prosecco zu trinken, entschließt sie sich den Bus zu nehmen, der nicht weit von der Uferpromenade eine Haltestelle hat. Für den Rückweg will sie sich ein Taxi nehmen.

\*

Als Schneider von seiner zweiten Radtour an diesem
heißen Tag zurückkommt, ist es mittlerweile 21.20
Uhr. Er hat die Hitze total falsch eingeschätzt und
dabei offenbar zu wenig getrunken. Ziemlich benommen schafft er sich in seine Wohnung, vergisst das
Rennrad in den Keller zu bringen und begibt sich so
schnell wie möglich unter die Dusche. Dabei trinkt er
fast 2 Liter Apfelschorle. Nach einer Stunde geht es
ihm wieder besser und er fällt todmüde ins Bett. Die
Hitze hat dem schutzlosen Kahlkopf das darunterlie-
gende Hirn erheblich erweicht, sodass in der Nacht die
wildesten Träume nacheinander Durchzug halten. Er
sieht einen Kopf mit mehreren Hämmern, die darin
verschwunden sind, dann gehört dieser Kopf seinem
Chef. Uli Stein ist die Rettungsassistentin Martina und
diese seziert mit  Prof. Mayer einen Hund. Zwischendurch wird er manchmal kurzzeitig wach. Schneider
glaubt, dass er jetzt verrückt wird, denn quälende
Kopfschmerzen haben sich jetzt zusätzlich eingestellt.
Auf den Gedanken, dass er sich einen Sonnenstich
zugezogen haben könnte, kommt er nicht. Dieses Mal

ist es nicht sein, wie sonst umständliches Denken, sondern das Krankheitsbild an sich, das ihm den klaren Blick verwehrt. Das muss man ihm fairerweise zugestehen. Den gesamten Sonntag verbringt er zu Hause und von Stunde zu Stunde erholt er sich. Eine Krankmeldung  kommt ihm nicht in den Sinn.

*

Als Uli Stein den Bus verlässt, hat sie noch etwa zweihundert Meter bis zum Yachthafen zu gehen. Auf der Uferpromenade herrscht ein lebhafter Publikumsverkehr. Die ganze Stadt scheint noch irgendwie auf den Beinen zu sein.  Beim Betreten der Terrasse, die zum Teil in den Hafen hineinragt, stellt sie fest, dass alle Tische besetzt sind.
„Was ist denn das?",
fragt sie sich.
„Noch heute Morgen habe ich für 19.00 Uhr einen Tisch für vier Personen bestellt und man hat mir das auch bestätigt."
Ziemlich wütend kämpft sie sich durch das Gewühle bis zum Tresen, wo sie unvermittelt den Wirt an-

spricht. Der erkennt sie sofort und anstatt zu einer großen Entschuldigung auszuholen, kommt von ihm ein eher erleichtertes Lächeln herüber.

„Wunderbar, Frau Kommissarin, Sie kommen wie gerufen. Ihren reservierten Tisch haben diese drei jungen Schnösel vor zwanzig Minuten einfach besetzt und haben sich nicht um die Reservierung geschert. Ich habe sie mehrfach aufgefordert den Tisch zu räumen, aber ohne Wirkung. Daraufhin habe ich ihnen Lokalverbot erteilt. Aber auch dies haben sie negiert. Sie werden jetzt nicht bedient. Mittlerweile pöbeln sie auch die anderen Gäste an."

Uli Stein begreift sofort, dass sie hier ohne Beistand durch die Schutzpolizei auf verlorenem Posten steht. Also fordert sie zwei Einheiten zur Unterstützung an, da sie dieses Trio schon sehr aggressiv und gewaltbereit einschätzt. Sie verlässt das Lokal und begibt sich auf den Fußweg, der zur Terrasse führt. Nach kurzer Zeit trifft sie auf die Beamten der Schutzpolizei und gibt ihnen einen kurzen Lagebericht. Dann begeben sie sich in zwei Gruppen zum Tisch der Randalierer. Uli, als die ranghöchste, tritt vor den Tisch und zeigt ihren Dienstausweis. Mit kräftiger Stimme sagt sie: „*KOK* Stein vom *LKA* Wiesbaden. Ich mache sie hiermit darauf aufmerksam, dass man Ihnen hier Hausverbot erteilt hat, was Sie nicht befolgt haben. Damit haben Sie den Tatbestand des Hausfriedensbruchs erfüllt. Wir werden jetzt Ihre Personalien aufnehmen. Danach wird Ihnen Platzverweis erteilt. Kommen Sie dem nicht nach, werden Sie in Gewahrsam genommen und das an einem so schönen Sommerabend."

Das Benehmen der drei artet jetzt unbeschreiblich aus. Der eine steht langsam auf, nähert sich Uli und kurz vor ihr rülpst er aus vollem Hals, dann lacht er die KOK spöttisch an. Uli bleibt ruhig, denn jede Gegenreaktion führt zur Eskalation und so etwas muss sie verhindern. Die beiden anderen versuchen durch ihr Verhalten den ersten noch zu übertrumpfen. Der eine spuckt auf seinen Personalausweis und hält ihn Uli nahe vors Gesicht mit den Worten:

„Und hier habt ihr auch noch meine DNA gratis dazu."

Der dritte im Bunde glaubt, er sei wohl der schlaueste. Er wirft seinen Personalausweis auf den Boden, direkt vor die Füße der Kommissarin. Verschmitzt lachend sagt er an sie gerichtet:

„Wenn du den lesen willst, dann heb ihn auf oder leg dich am besten gleich dazu, du Bullenhure."

„Jetzt ist das Maß aber wirklich voll",

sagt Uli:

„Festnehmen, alle drei! Hausfriedensbruch! Widerstand gegen die Staatsgewalt, da sie die Personenüberprüfung behindern! Zudem Beamtenbeleidigung im Dienst sowie Erregung öffentlichen Ärgernisses! Das Wochenende für euch drei ist vorerst gelaufen!"

Einer der Beamten hat das ganze Ereignis mit seinem Smartphone auf Video aufgenommen, damit man später vor dem Haftrichter auch etwas in der Hand hat. Mit deutlicher Gegenwehr, die für die Beamten nicht neu ist, werden die drei in Handschellen abgeführt.

Obwohl das ganze Szenario noch keine Viertelestunde gedauert hat, hat es doch für merklichen Aufruhr unter den Gästen gesorgt. Uli kann zum ersten Mal eine wohltuende Solidarität vieler Gäste spüren, die sie seit einer Ewigkeit nicht mehr erfahren hat. Trotz des widerlichen Benehmens dieser drei Chaoten, blieb keinem auf der Terrasse ihre Souveränität und ihr beherrschtes Verhalten verborgen. Als Uli von den Streifenwagen zurück zum Lokal geht, trifft sie ihre beiden Studienfreunde, die im Schatten einer Weide, von einer Bank aus das ganze Treiben beobachtet hatten. Uli hat die beiden zunächst gar nicht bemerkt, da sie ja *mit der Herstellung der öffentlichen Ordnung*, wie sie es später öfter darstellen muss, beschäftigt ist. Die Begrüßung der alten Freunde ist wie immer herzlich. Man sieht sich ja doch öfter, da Maria, Uli nennt sie lieber „Ria", als Chemikerin in einem mittleren Unternehmen arbeitet, das in der Farbenherstellung einen Namen hat. Carlo hat es zum

Dozenten an der Universität in Mainz gebracht, auch ohne Habilitation, was eher ungewöhnlich ist. Aber sein Fachbereich Physiologie hat ihm den Schritt schon vorgegeben und den Weg zur Professur hat er bereits ein gutes Stück zurückgelegt. Alle drei kennen sich schon seit ihrer frühen Studienzeit. Schon seltsam, stellen manche Beobachter fest, wie es zu solch einer Freundschaft von Studenten aus ganz verschiedenen Fachrichtungen kommt.

Das verbindende Element ist die Liebe zur Musik, stellen sie immer wieder einhellig fest. Während des Studiums hatten sie sich in einem Studentenkreis gefunden, in dem sie sich als Streicher vorwiegend der klassischen Musik widmeten. Nach dem Studium konnten die musikalischen Zusammenkünfte  nur noch schwerlich koordiniert werden, da berufliche Interessen jetzt im Vordergrund standen. Aber hin und wieder verabredete man sich recht kurzfristig, wie auch heute Abend, zu einem netten Gespräch bei einem guten Essen und in schöner Umgebung.

„Na, das eben war ja kein so schöner Auftakt für unseren Abend. Das kann ja nur noch besser werden", stellt Carlo trocken fest. Noch bevor sie sich auf den Weg zur Terrasse machen, sieht Uli den Gerichtsmediziner Prof. Dr. Mayer, wie er sich von der Uferpromenade aus vorbei an den beiden Streifenwagen zielgerichtet auf sie zubewegt. Mayer, in einem sichtlich erregten Zustand, tut etwas, was er sonst immer vermieden hat. Er platzt in dieses Dreier Gespräch unvermittelt hinein und ohne Übertreibung unhöflich, mit der Frage:

„ Mein Gott Frau Stein, als ich da eben die Streifenwagen sah und Sie noch inmitten dieser seltsamen Gestalten, da habe ich mir doch große Sorgen um sie gemacht. Ist alles in Ordnung?"

Und zu den anderen gewandt:

„Aber bitte entschuldigen Sie vielmals mein unhöfliches Benehmen, aber Frau Stein ist meine Kollegin, gewissermaßen."

Uli sieht im Gesicht von Mayer die wahre Anteilnahme an dem Geschehen und erkennt auch die Erleichterung, als sie ihm erklärt, dass die Angelegenheit schon bereinigt sei.

Zum ersten Mal verspürt Uli ein untrügliches Gefühl der Zuneigung, das dieser sonst so besonnene Mann für sie zeigt.

Und Uli glaubt einen Augenblick, als sehe sie in traurige Hundeaugen, die die Kommissarin in ihrer Gemeinschaft mit ihren Freunden wahrnehmen, während er, Mayer, sich als der einsame Uferpromenaden Wandler sieht. In diesen nicht einmal drei Sekunden werden so viele Gedanken, Worte und Fragen zwischen beiden gewechselt, wie sie derzeit kein noch so schneller Computer erfassen kann.

Uli weiß jetzt und spürt auch, dass sie Mayer mit in die Runde einbeziehen muss. Eine, wie auch immer geartete Verabschiedung käme einem unerträglichen Affront gleich und die traurigen Hundeaugen hinter Mayers dicker Hornbrille würden noch trauriger und vielleicht könnte der aufmerksame Beobachter dann den leisen Fluss tiefer Enttäuschung erkennen, den er als salziges Rinnsal zwischen den fest zusammen gepressten Lippen schmecken würde. Das wollte und konnte sie diesem liebenswürdigen Menschen nicht antun.

Aus diesem sicheren Gefühl heraus kommt jetzt der alles entkrampfende Vorschlag von Uli, man wolle doch gerne Mayer mit am Tisch haben und dass er sicherlich eine Bereicherung der Gesprächsrunde sei. Nachdem Uli die Vorstellung der beiden Freunde mit Mayer abgeschlossen hat, begibt sich die Gruppe, angeführt von der Kommissarin, Richtung Terrasse. Kaum haben sie das Plateau betreten, bricht ein heftiger Applaus aus, denn man hat jetzt wahrgenommen, dass hier die vorhin so souverän aufgetretene Kommissarin, die wieder für Recht und Ordnung gesorgt hat, auf den letzten freien Tisch zugeht.

Uli Stein, an Applaus durch ihre Auftritte mit ihrem Violone Quartett gewöhnt, ist jetzt aber doch leicht irritiert, denn hier kann sie keine Parallele finden. Sie verneigt sich nur kurz in jede Richtung als Zeichen des Dankes, aber mehr nicht. Ihre Gäste scheinen ebenfalls diese Form der Huldigung zu genießen, obwohl sie sich ja bestenfalls als Komparsen sehen können.

„Das hier ist die Ausnahme, glaubt mir", beginnt Uli das Gespräch, nachdem man Platz genommen und jeder die Speisekarte studiert hat.

„Ansonsten sind die Kontakte zu unseren lieben Mitmenschen fast immer begleitet von Pöbeleien, Beleidigungen aller Art und Handgreiflichkeiten. Die verbalen Attacken, auch noch so unappetitlicher Art, gehören mittlerweile leider für viele zum ganz normalen Umgangston. Hier läuft seit Jahren etwas gewaltig schief in der Erziehung unserer Kleinkinder und Kinder.

Diese Verrohung der Sprache führt geradewegs zur Verrohung der Gesellschaft, das wissen doch all die Erzieher, Lehrer oder auch sonstige Experten. Legt man aber den Finger in die Wunde, wird man als hinterwäldlerisch, ja sogar als faschistoid angesehen. Die typischen Folgen dieser Fehlentwicklung konnte man ja eben live miterleben.

Entschuldigung, aber das musste jetzt erst einmal raus. Nennen wir es mal eine Form der Stressbewältigung."

Nachdem Uli sich Luft gemacht hat, atmet sie ein paar Mal tief ein und aus, klopft sich kurz auf beide Oberschenkel, dann hebt sie das Glas Prosecco, das mittlerweile serviert wurde, und prostet allen zu:

„Lassen wir uns den Abend doch nicht von solchen

Dummköpfen wie eben verderben."

Kurz darauf erscheint der Wirt, eine wie schon beschrieben imposante Erscheinung mit Halbglatze und einem kräftigen Schnauzbart, den er an den Enden nach oben gezwirbelt hat, die er nahezu unentwegt korrigiert. Offenbar schon eine Marotte. Vor sich trägt er einen Sektkübel, darin auf Eis eine Flasche Prosecco, die schon von der Aufmachung her auf eine bessere Sorte schließen lässt. Nach einem kurzen Räuspern beginnt er ohne Anrede, denn zu offiziell will er das Ganze hier nicht ausweiten, seine knappe Dankesrede:

„Wenn Sie erlauben, möchte ich mich mit diesem besonderen Tropfen ganz herzlich für ihr umsichtiges und souveränes Verhalten von eben bedanken."

Dann stellt er den Kübel auf den Tisch. Uli bedankt sich für die Aufmerksamkeit die sie nicht erwartet hat. Und nach einem kurzen" zum Wohl", verschwindet der Wirt wieder in seinem Restaurant. Ihrem Vorschlag, dass man hier unbedingt das Tagesmenü essen müsse, denn dabei läge man fast immer richtig, können oder wollen die anderen drei nicht wider-sprechen Das Menü ist noch in vollem Gange, da ist auch die zweite Flasche Prosecco, das Geschenk des Wirtes, geleert. Man ordert bei dieser Hitze jetzt zwischendurch doch einmal Wasser, da die Alkoholwirkung schlecht abzuschätzen ist. Prof. Dr. Mayer könnte hierzu sicherlich einen reichlich wissenschaftlich fundierten Kurzvortrag halten, aber er vermeidet dies aus mehreren gut nachvollziehbaren Gründen.

Erstens, liegt es ihm überhaupt nicht, privat den Wissenschaftler  nach außen zu tragen.

Zweitens, will er nicht unbedingt das Gespräch dominieren, wo er jetzt schon einmal in solch einer angenehmen Runde Gast sein darf.

Und drittens, hat er nicht die Absicht, mit einem Dozenten der Physiologie aneinanderzugeraten, ganz besonders  über die Streitfrage, wieviel Prosecco bei 28 ° Temperatur und einem 70 kg schweren Menschen noch gesund sind.

Möglicherweise beschäftigt sich der Physiologe sein ganzes wissenschaftliches Leben nur mit Froschherzen und kennt Alkohol und seine Wirkung nur durch wiederholte Selbstversuche in den Katakomben der Mainzer Altstadt.

Aber es könnte  auch sein,  dass er sich mit der Wirkung des Alkohols an Albino Laborratten beschäftigt. Dann wäre schon der wissenschaftliche Nahkampf unter den beiden Wissenschaftlern vorprogrammiert. Solche verrückten Gedanken gehen Prof. Dr. Mayer durch den Kopf.

Vorweg: Alkohol war an diesem Abend kein Gegenstand der Diskussion, er wurde aber sonst respektiert.

Der weitere Abend verläuft sehr angenehm, denn an Gesprächsthemen fehlt es den vieren überhaupt nicht. Auch wenn sie längere Zeit über Musik reden, kann Mayer da gut mithalten, denn obwohl er selbst kein Musikinstrument spielt, hat er ein erstaunliches Wissen über Musik und deren Variationen. Von Ulis Violine Quartett erfährt er hier zum ersten Mal und zeigt ein ehrliches und großes Interesse.

Uli spürt, dass dies kein Lippenbekenntnis ist und macht ihm den Vorschlag, eines ihrer nächsten Konzerte zu besuchen. Mayers sonst so ernste Miene wird immer lockerer und je weiter der Abend vorrückt, umso häufiger kann man ein vorsichtiges Lächeln beobachten. Uli sieht, wie gelöst und offen dieser Mann sein kann und dennoch die Form wahrt, denn mittlerweile ist man nach zwei Flaschen Prosecco bei der zweiten Flasche Rosé angelangt.

Der Abend zieht sich noch bis weit nach Mitternacht hin, denn die Gesprächsthemen wollen kein Ende nehmen. Gegen 2 Uhr beschließt man die Soirée zu beenden und nach einer kurzen Verabschiedung fahren drei Taxis vor.

*

KHK Küster weiß bei dieser Hitze nicht so recht, wie er den Tag und den Abend verbringen soll. Alles erscheint ihm zu lästig. Dann fällt ihm ein, dass er seinen alten Kollegen und Freund Willi Graf besuchen könne um mit ihm ein Bier zu trinken. Willi, seit drei Monaten in Frühpension freut sich auf jede Abwechslung. Die Tage zu Hause  mit seiner Irmgard sind zwar recht angenehm und ruhig, aber manchmal zu ruhig und zu lange, wie er jetzt feststellt. Er, der noch vor ein paar Jahren wie ein Jagdhund hinter den Verbrechern her war, hat jetzt bereits Probleme, gerade mal hundert Meter ohne Unterbrechung zu gehen.

Die Verabredung klappt für 20 Uhr und Irmgard will auch noch eine Kleinigkeit zum Grillen einkaufen. Küster weiß aus der Vergangenheit, dass es nicht bei einem Bier bleiben wird. Also nimmt er ein Taxi, da er sonst mit dem Bus noch zweimal umsteigen müsste. Kurz vor 20 Uhr kommt er bei den Grafs an.

Die Begrüßung unter den Freunden ist herzlich und für Irmgard hat Küster einen seltsamen Blumenstrauß mitgebracht. Irmgard muss all ihre Verstellungskünste anwenden, um nicht laut zu lachen, da sie sofort erkennt, dass es sich um einen Brautstrauß handelt, den Küster offenbar in aller Eile und in Ermangelung der Fähigkeit einer eigenen Kreation, als lohnenden  Ersatz ausgewählt hat. So war es auch.

Die Verkäuferin im Blumenladen hat ihm den Brautstrauß günstig angeboten, da das Brautpaar ihn schon seit mehr als 6 Stunden nicht abgeholt hat. Küster findet das Geschäft in Ordnung und nebenbei gefällt ihm das Gebinde auch ganz gut. Somit sind alle zufrieden, letztendlich auch Irmgard, die ihm diese Unbeholfenheit großzügig verzeiht, da sie weiß, dass auch ihrem Willi so etwas passieren könnte. Dann findet sie das Ganze amüsant und freut sich aufrichtig.

Mittlerweile haben die beiden Freunde in dem kleinen Garten unter dem Sonnenschutz Platz genommen und Willi kümmert sich um das Holzkohlefeuer. Küster hat für jeden bereits ein Bier eingeschenkt und fragt zunächst nach seiner Gesundheit, worüber Willi aber nicht reden will, da er das Thema täglich von früh morgens bis abends in allen Variationen zu hören bekommt. Hinzu kommen noch unzählige, gut gemeinte Ernährungsratschläge. Somit ist Küster in jeder Hinsicht ein Geschenk des Himmels, da seine Frau Willis geliebten Grill auch schon mal zum Sperrmüll geben wollte, denn die jetzige Küche seiner Irmgard erlaubt solch eine ungesunde Antiquität nicht. Als Küster all dies hört, wird ihm erst bewusst, welch große Freiheit er als Single genießt, aber er kennt ja auch die Nachteile. Willi ist immer noch wissbegierig, was sich so in der Szene abspielt und woran Küster mit seinen Leuten derzeit arbeitet. Der rätselhafte Mord an dem jungen Berghaus und die Tatsache, dass man zwar zwei mögliche Tatzeugen hat, die man aber noch nicht befragen kann, interessiert Willi Graf schon. Nachdem Küster, soweit möglich, die bekannten Fakten geschildert hat, kratzt sich Willi an Kopf und Bart. Nach einer längeren Pause fragt er:

„Ist denn da irgend ein Motiv erkennbar? Das ganze hört sich ja nach einem Overkill mit einem doch sehr hohen Gewaltpotential des Täters an."

Mittlerweile hat Irmgard schon die Bratwürste auf den Rost gelegt und bittet die beiden, die Grillaktion zu überwachen, während sie noch in der Küche weitere Vorbereitungen treffen will.

„Schwierig wird es werden, wenn der alte Berghaus den Infarkt nicht überlebt und die Frau in ihrer schweren Psychose verharrt",

ergänzt Willi.

„Na, ich bin da doch etwas zuversichtlicher",

entgegnet Küster.

„ Vielleicht klärt sich die Sache ja recht schnell, wenn zumindest einer unserer Zeugen Auskunft geben kann. Das könnte schon in der kommenden Woche sein. Aber wir beide haben schon ganz andere Sachen geknackt, oder auch nicht. Du erinnerst dich sicherlich noch an den Doppelmord in Taunusstein 2012. Das war auch so eine schwierige Geschichte und die ist immer noch nicht gelöst."

Willi Graf nickt kurz zwei- dreimal hintereinander und man sieht, dass er mit seinen Gedanken irgendwo sonst  ist, nur nicht bei Küster. Dieser erkennt das natürlich. Immerhin haben die beiden fast zwanzig Jahre lang zusammengearbeitet.

„Und, bist Du wieder in Taunusstein in der Villa bei den beiden toten Eheleuten?",
fragt Küster nach einer Weile. Da er aber keine Antwort erhält, muss er davon ausgehen, dass sich Willi mit seinen Gedanken immer noch in Taunusstein herumtreibt. So sehr hatte ihn die Sache mitgenommen, da es zwei junge Menschen waren, die da irgendeiner kaltblütig und ohne erkennbaren Grund erschossen hatte.
„Weißt Du noch? Das war auch so eine Form von Übertötung, wie in eurem jetzigen Fall",
kommt es nach einem langen Seufzer aus Willi heraus.
„Sind es nicht oft Bestrafungsrituale, diese Übertötungen, oder bin ich da nicht ganz *update*. Ich glaube, so nennt man das doch heute."
Küster nickt. Er hat schon das Bierglas angesetzt und ohne die Zu-Prosterei abzuwarten, nimmt er schon mal einen kräftigen Schluck. Mittlerweile ist Irmgard mit ihrem bekannten Rettichsalat erschienen. Dazu hat sie für jeden zwei Brezeln in ein Weidekörbchen drapiert.
Jetzt sieht Küster sein Single Dasein im Vergleich zu eben, doch etwas negativer. Er bemerkt das an solchen Details. Es sind keine Kleinigkeiten, wie er oft und ganz energisch diesen Unterschied klarstellt.

Übrigens, Schneider brauchte mindestens ein halbes Jahr, bis er diesen feinen Unterschied zwischen Detail und Kleinigkeit vollends begriffen hatte.

„Die Bratwürste – einmalig! und dein Salat mindestens genauso gut!",

bemerkt Küster nach den ersten Bissen, weil er weiß, dass Irmgard schon so etwas erwartet. Aber zu sehr will es Küster auch nicht übertreiben. Es ist ja kein besonderes Menü. Das wäre unehrlich und irgendwie schon fast peinlich und beleidigend.

Im Beisein von Irmgard wechseln die beiden Kommissare schnell das Thema, denn schon früher wollte die etwas zart besaitete Irmgard absolut nichts von den *Räuberpistolen* ihres Mannes, wie sie sich etwas altmodisch ausdrückt, wissen. Zweifellos beabsichtigt sie mit diesen besonders befremdlichen Ausdrücken, ihr absolutes Desinteresse am Beruf ihres Mannes zu unterstreichen.

Irmgards Interesse gilt unverändert der Mode und Stilfragen. Auch mit Ende vierzig zählt sie immer noch als Fachfrau in einem Modehaus zu den gefragten Mitarbeiterinnen, auf die man keinesfalls verzichten möchte. Mit ihrem Auftreten und ihrer Eleganz entfacht sie bei einigen der Kolleginnen den widerlich ranzigen Beigeschmack des Neids, der sich folglich in deren unverwechselbaren Gesichtsausdrücken widerspiegelt.

An der äußeren Erscheinung ihres Mannes haben diese besonderen Fähigkeiten von *Madame Graf,* wie sie hin und wieder etwas spöttisch von den jüngeren Mitarbeiterinnen hinter vorgehaltener Hand genannt wird, so gut wie keine Spuren hinterlassen. Aber nach etwa zehn Jahren Abnutzungskrieg vor der Ankleide und dem großen Schlafzimmerspiegel haben die beiden dann sinnvollerweise doch einen Waffenstillstand vorgezogen, da ihnen schon lange davor die Argumente ausgegangen waren.

Mittlerweile gab es wichtigere Themen, mit denen sie fortwährend beschäftigt waren, so zum Beispiel die Gesundheit und das Leben und Fortkommen ihrer Kinder. Küster will nicht noch einmal das leidige Thema Gesundheit starten, da er schon Gefahr aufkommen sieht, dass auch er, zumindest grob, Rechenschaft über seinen Status hier und jetzt ablegen muss. Also weicht er schnell auf die Kinder aus. Auf diesem Nebenschauplatz können sich alle so richtig austoben, ohne dass sie dabei selbst die Bühne betreten müssen. Eigentlich ist Küster über diesen Themenwechsel sehr erfreut, denn hin und wieder ist er froh, wenn er sich nicht auch noch in seiner Freizeit mit den alten Räuberpistolen beschäftigen muss, die aber verständlicherweise Willis Langeweile beleben. Gegen Mitternacht ist es immer noch sehr warm in dem kleinen Garten und Willi fallen im Sitzen die Augen zu. Er schläft tief ein. Küster und Irmgard erzählen noch

kurz miteinander. Nachdem er sich bedankt hat, verabschiedet er sich mit einem zarten Wangenkuss bei Irmgard. Durch die Wahrnehmung ihres sehr feinen, aber dezenten Parfums werden bei Küster alle möglichen Sinne von Null auf Hundert stimuliert und er sieht jetzt eine hübsche und attraktive Frau vor sich, die er den ganzen Abend so nicht wahrgenommen hatte. Kurz danach werden diese schönen Sinneswahrnehmungen gnadenlos und abrupt erstickt. Denn im Taxi, dessen Fahrer sich durch eine gewaltige Knoblauchfahne bestimmt schon mehrfach unbeliebt gemacht haben muss, gehen bei Küster all die kurz zuvor entfesselten angenehmen Sinneswahrnehmungen, jetzt auf Rückzug und sind spätestens nach der nächsten Kreuzung dann wieder komplett verschwunden.
„Der bekommt kein Trinkgeld, auch wenn es nach Mitternacht ist",
beschließt Küster.

*

Nach dem heftigen Gewitter, das nahezu den ganzen Sonntag angehalten hat, kam es aufgrund des massiven Niederschlags stellenweise zu *Land unter*. Dafür präsentiert sich der Montagmorgen mit einem klaren Himmel, einer angenehmen Frische und ganz besonders einer klaren Luft.

Schneider, wieder gut erholt von der Sonnenattacke, ist schon sehr früh an seinem Arbeitsplatz.

„Das Wochenende ist recht ruhig gewesen", erklärt ihm ein Kollege aus der Bereitschaft.

„Bis auf die drei Blödmänner, die aber wieder weg sind. Sie haben einen festen Wohnsitz und angeblich auch einen Job."

Der Oberkommissar sieht nur oberflächlich die Ordner vom Erkennungsdienst durch. Dann hält er kurz inne, kramt in seinem kleinen Notizbuch herum und sagt dann laut:

„Wusste ich es doch. Andreas Walstadt. Da ist ja unser Sturmvögelchen, und was hat es gemacht?"

Mittlerweile ist Uli Stein zeitgleich mit Küster eingetreten. Schneider ist so sehr in die Akte vertieft, dass er die beiden zuerst überhaupt nicht wahrnimmt. Über seinem noch durch den Sonnenbrand stark geröteten Gesicht liegt ein freudiges Lächeln, als hätte man ihm ein großes Kompliment oder sonst irgendeine Freude bereitet.

„Na, lieber Kollege Schneider, schon so früh am Morgen so guter Stimmung! Das muss ja was ganz besonderes sein. Könnten Frau Stein und ich auch etwas davon teilhaben, wenn es dem KOK Schneider recht ist? Und übrigens, guten Morgen, wenn ich das noch nicht gesagt habe."

„Oh ja,"
stammelt Schneider kurz,
„Guten Morgen, Chef. Hallo Uli."
Seinen Chef mit Hallo zu begrüßen, hatte er vor Jahr-
en einmal versucht, aber das war es dann auch! Küster
hielt ihm daraufhin einen längeren Vortrag über Sitten
und Anstand. Darin kamen unter anderem die Anrede
und die Begrüßung zu Wort.
„Dieses alberne „Hallo", offenbar wieder so eine
dümmliche und zudem unpassende Lockerheit aus
den USA, lassen Sie bei mir weg. Ich finde es lächer-
lich, in den meisten Fällen völlig unangebracht, um
nicht zu sagen, störend. Ich mag das nicht und  in
Zukunft achten Sie darauf."
Uli gibt Schneider ein kurzes „Hallo" zurück. Sie will
den armen Kerl nicht noch mehr isolieren, obwohl sie
auch dieses lächerliche „Hallo", so oft es geht vermeidet. Schneider geht zur Pinnwand, heftet ein Bild des
eben genannten Andreas Walstadt etwas seitlich von
den übrigen Bildern fest.
Mittlerweile haben vier weitere Kommissare, Uli und
Küster sowie einige Kollegen von der KTU am längs-
ovalen Besprechungstisch Platz genommen und alle
warten gespannt auf Schneiders frühmorgendlichen
Geisteserguss, den dieser  am liebsten jeden Morgen
zelebrieren möchte.
Küster ist das aber zu viel und manch anderen auch.
Aber heute ist er laut Plan  mal wieder an der Reihe.

Seine übertriebene Lockerheit an diesem Morgen ist schon bemerkenswert. Sie hat so etwas Beschwingtes im Nachgang.

Wer von seiner Radtour vom Samstag gewusst hätte, würde sagen, er hätte die Folgen des Sonnenstichs noch nicht so ganz verkraftet. Aber diesen Umstand kennt keiner außer Schneider selbst. Als er vor lauter Lockerheit auch noch teils wurmartige, teils tänzelnde Verrenkungen vor der Pinnwand vollführt, gerät seine Kleidung doch in eine beträchtliche Schieflage, die einen der KTU-Leute, einen stämmigen Südhessen mit Vollbart, zu dem Ausruf ermuntert:

„Pass bei deinem Veitstanz ja auf, dass du nicht noch deine Hose verlierst." Küster, der eigentlich solche Zwischenrufe überhaupt nicht mag, sieht natürlich selbst, dass Schneider gleich in eine peinliche Situation kommen wird. Kurz und trocken wendet er sich an den Vortragenden:

„Mensch Schneider, jetzt schalten Sie mal einen Gang runter!"

Schneider reagiert prompt. Er zieht die Hose wieder hoch, wurschtelt irgendwie das Hemd in diese und schnürt den Gürtel noch enger um das *Skelett*, wie er auch schon mal bösartig genannt wird. Dann fährt er wesentlich ruhiger und geordneter fort:

„Da wir von der Klinik bis jetzt noch keine Nachricht erhalten haben, inwieweit die beiden Zeugen zu befragen sind, müssen wir davon ausgehen, dass dort alles beim alten ist. Somit müssen wir uns verstärkt um das Opfer und sein Umfeld kümmern.

Wir wissen, dass dieser junge Mann hier Mitglied einer nennen wir es mal Gruppe ist, die sich Sturmvogel 2 nennt."

Dabei zeigt Schneider auf das Foto von Andreas Walstadt.

„Er war wohl wegen eines anderen Deliktes hier."

Daraufhin erhebt sich Uli und geht zur Pinnwand. Sachlich und völlig emotionslos erklärt sie den Vorfall vom Samstagabend in dem Lokal mit den drei jungen Männern, wobei sie den einen als diesen Walstadt wiedererkennt. Niemand merkt, wie stark sie innerlich vor Wut kocht, da sie an diese drei Proleten denkt. An solchen Tagen hasst sie ihren Beruf, denn der Personenkreis, mit dem sie sich abgeben muss, ist manchmal wirklich *das allerletzte*, um den jeder anständige Mensch einen großen Bogen macht. Aussätzige der Gesellschaft, Krebsgeschwür, Dreckspack, so werden sie oft benannt.

„Aber warum werden diese Menschen so?",

fragt sich dann wieder die Soziologin und danach kann sie wieder besser damit umgehen. Jetzt kommt Küster nach vorn und fragt Schneider:

„Woher wissen wir denn, dass dieser Walstadt wirklich einer dieser „Sturmvögel ist?"

Küster erlaubt sich öfter solche vereinfachende Abkürzungen.

„Chef, Sie erinnern sich doch sicherlich noch an die hübsche Rettungsassistentin mit den roten Haaren. Na, die da so gekotzt hat, Sie wissen schon."

Küster senkt den Kopf etwas und blickt verschmitzt über die Brille zu Schneider hinüber.

„Na ja, gekotzt haben an dem Morgen auch noch andere, nicht wahr."

Schneider, leicht nervös, streicht sich mehrfach über den Mund und den Zweitagesbart, dann fährt er fort:

„Eben von dieser Rettungsassistentin, Martina Kolberger, weiß ich von jenem Walstadt. Ihr ehemaliger Mitarbeiter, ein Junkee, den sie noch aus der Zeit kennt, als dieser in der Klinik beschäftigt war, dort aber im hohen Bogen wegen Drogenprobleme von jetzt auf gleich rausgeflogen ist, ist ein Freund von diesem Walstadt. Ihn hat sie dann mehrfach mit diesem Sir Toby, unserem Mordopfer und seinen Leuten, den Sturmvögeln, gesehen. Und sie wisse, dass dieser Walstadt auch dazugehört. Das Ganze sei ihr *voll Panne*."

Küster räuspert sich auffällig.

„Chef, aber so hat sie sich ausgedrückt",

ergänzt der Oberkommissar seinen Vortrag.

„Schneider, Sie knöpfen sich mal das Früchtchen vor, aber lassen Sie sich nicht provozieren. Unserer lieben Frau Stein wollen wir das nicht noch ein zweites Mal antun. Zudem wird er in ihrem Beisein eher mauern."

Küster nickt Schneider zu, was so viel bedeuten soll,

dass ihn jetzt schnell ein Redeverbot ereilen wird, sollte er nicht umgehend seinen Schlusssatz formuliert haben. Auch dieses Mal klappt die geheime Absprache zwischen den beiden.

Uli Stein hat sich jetzt vor dem Tisch aufgestellt. Einer der jüngeren Kollegen hat eine Leinwand von der Decke heruntergezogen während ein anderer den Beamer eingeschaltet hat.

Dann beginnt Uli eine umfangreiche Darstellung der verschiedenen Jugendbünde, mehr oder weniger stark politisch gerichtet oder gar organisiert. Dabei kommt sie auch auf den Jugendbund Sturmvogel zu sprechen, den sie intensiv durchleuchtet hat, einschließlich der Beobachtung durch den Verfassungsschutz. Aber nirgendwo hat sie eine Unterorganisation mit dem Namen Sturmvogel 2 gefunden.

„Da bin ich mal gespannt, was dieser Walstadt dazu zu sagen hat",

ergänzt Küster. Eine junge Kriminalanwärterin meldet sich zu Wort:

„Ich habe die Schwester von Frau Berghaus über ihr Handy ausfindig machen können. Sie wohnt in der Nähe von Gießen und sie kann morgen gegen 10 Uhr hier sein. Danach will sie ihre Schwester und den Schwager in der Klinik besuchen."

Küster hebt kurz den rechten Arm und bedankt sich mit einem deutlichen und ehrlichen:

„Sehr gut, liebe Kollegin."

Danach verteilt er an verschiedene Kriminalbeamte je eine kleine Karte, auf der dann eine bestimmte Anordnung steht. Küster liebt es, seine Einfälle immer kurz auf solchen kleinen Karten aufzuschreiben und diese dann je nach seinem Gusto abarbeiten zu lassen. So weiß er, dass da ein junger Kommissar sich sehr gut mit Bankgeschäften, Transaktionen und, weiß der Teufel, was dahinter steckt, gut auskennt. Dieser Kollege soll die wirtschaftliche Situation der Familie Berghaus gründlich durchforsten. Uli Stein hat sich vorgenommen, so viel wie möglich über die Biografie des Getöteten herauszufinden. Da hofft sie sehr auf die Hilfe seiner Tante aus Gießen.

Zunächst will Uli aber in das Haus in der Brenner Allee, weil sie glaubt, dort noch wichtige Unterlagen zu finden. Küster begibt sich in sein Büro und kramt in einem der Aktenschränke nach den Ordnern der noch ungelösten Fälle. Der Gesprächsabend am Samstag, bei seinem ehemaligen Kollegen Willi Graf, hat ihn doch wieder zu diesem ungelösten  Fall in Taunusstein zurückgeholt.

Ein Doppelmord ohne ein bisher erkennbares Motiv! So eine Tat kann kein Zufall sein. Aber wo stecken die Hintergründe? Wo besteht da irgendeine Verbindung zwischen Täter und Opfern, die sie übersehen haben? Küster lässt das keine Ruhe und er vertieft sich fast den ganzen Tag in diese Akten.

Kurz vor Mittag erscheint Schneider mit Andreas Walstadt, den sie nach längerem Suchen in einem Großmarkt gefunden haben, in dem er als Lagerist arbeitet. Man hatte ihm erklärt, dass er lediglich zu einer formlosen Befragung ins Präsidium kommen müsse.

Dieses Mal ist Walstadts Auftreten gegenüber der Polizei wesentlich gesitteter, fast schon höflich, was den Verdacht nahe legt, dass er ahnt: „Hier geht es jetzt nicht mehr um diese dumme Pöbeleien vom Samstagabend, sondern hier wird höchstwahrscheinlich eine ganz andere Kiste aufgemacht."

Schneider hält sich strikt an die Vorgabe, die Küster ihm gemacht hat. Er duzt den jungen Mann nicht, sondern begibt sich auf eine höfliche Distanz  zu ihm. Die Entgleisungen vom Samstag lässt er unerwähnt, da sie

a) nichts mit dem zu tun haben, weswegen hier die Befragung stattfindet und

b) würde das die Situation sicherlich negativ beeinflussen.

Schneider schaltet den „Mini-Voice-Recorder" ein und legt neben Walstadt's Akte seinen großen Notizblock, auf dem er sich schon grob einige Sätze skizziert hat.

Es sind die Elementarfragen, wie er sie gerne  nennt „Nun, Herr Walstadt, kennen Sie einen gewissen Jens

92

Berghaus? Er nennt sich auch gerne Sir Toby. Offenbar sein Künstler- oder was weiß ich für ein Ersatzname."

Walstadt nickt kurz. Dann erklärt ihm Schneider, dass er mit ja oder nein antworten müsse, da das Aufzeichnungsgerät nur dies registrieren kann.

„Also ja",

ergänzt Schneider. Und sofort kommt die nächste Frage:

„Was ist das für eine Organisation Sturmvogel 2 und wer steckt dahinter? Sie sind doch auch Mitglied in diesem Bund. Darüber wüssten wir gerne etwas mehr."

Schneider macht eine kurze Pause, um Walstadt die Möglichkeit zu geben, sich seine Antworten in Ruhe zu überlegen.

„Ja keinen Druck aufbauen" ,

sagt sich der Oberkommissar

„Möchten Sie etwas trinken?",

fragt er in freundlichem Ton.

„Ja gerne, ein Wasser wäre nicht schlecht",

antwortet Walstadt. Kurz darauf bringt eine Beamtin ein gekühltes Stilles Wasser. Nachdem er einen Schluck genommen hat, beginnt er jetzt ausführlich zu antworten:

„Jens und ich kennen uns schon seit unserer Schulzeit auf dem Gymnasium. Wir haben uns erst in der Oberstufe kennengelernt. Das war schon eine echt gute

Zeit damals. Jens hatte jede Menge verrückte Ideen. Manchmal hat er wie in einer anderen Welt gelebt, daher auch sein Phantasiename Sir Toby, mit dem er sich dann gerne anreden ließ. Ich glaube, dass er bereits damals auf Drogen war. Das Abi haben wir beide so mit Ach und Krach bestanden. Ich glaube, die Penne war froh, dass sie uns endlich los war. Ich hab mir meine Zukunft echt *zerschissen*, als man mich mit Drogen auf der Arbeit erwischte. Das geht in einem Altenheim natürlich überhaupt nicht, das weiß ich jetzt. Aber ich glaube das steht auch hier drin."

Dabei zeigt Walstadt auf die Akte vor Schneider, der ihn kurz unterbricht:

„Sie sprechen so, als wüssten Sie, dass Sir Toby nicht mehr am Leben ist. Woher haben Sie die Information? Es stand weder etwas in der Zeitung noch wurde es in anderen Medien publiziert."

Jetzt wird Walstadt etwas übermütig. Er lehnt sich auf dem Stuhl weit zurück, verschränkt beide Hände im Nacken und in einer schon arroganten Art antwortet er:

„Ach lieber Kommissar, Sie wissen doch, wenn um 7 Uhr morgens in China ein Sack Reis umfällt, weiß man das um 7.15 Uhr spätestens in New York und hat auch noch ein Bild dazu, alles mit *Whats App.*"

„Nun gut, das weiß ich auch. Aber irgendwoher muss ja mal eine Information kommen", gibt Schneider zur Antwort.

„Hat da vielleicht die Rettungsassistentin Martina Kolberger etwas herausgeplaudert?"

Nach kurzer Pause antwortet Walstadt:

„Nun ja, Sie wissen es doch schon. Sie hat mir eine Mail geschickt und die Sache mit Toby geschrieben und dass ich sie da ja raushalten solle. Mehr nicht. Aber mit dem Tod von Toby habe ich nichts zu tun."

Schneider blickt regungslos auf seinen Notizblock und fährt fort:

„Und was hat es mit Sturmvogel 2 auf sich? Was ist das für eine Organisation?

Wie politisch ist der Verein? Oder wem steht er nahe?"

Walstadt zeigt sich etwas überrascht auf diese Fragen „Ich denke, die Sache sei schon längst geklärt",

gibt er zur Antwort.

„Vor Jahren, als Toby irgendwann einmal bei so einer grellen Party darüber geredet hat, man müsse doch unserer Clique einen Namen geben, der einmalig sei, waren alle damit einverstanden. Dann kam er mit dem schrillen Namen Sturmvogel daher. Den hat er dann ins Netz gestellt und unsere Namen noch dazu. Dieser Idiot! Aber der war damals schon öfter auf Drogen als ohne! Nicht lange danach kam da ein Schreiben von einem Rechtsanwalt, der diesen *Jugendbund Sturmvogel* vertritt, in dem er uns verboten hat, den gleichen Namen zu tragen. Mittlerweile hatten wir aber schon alle das Tattoo des Sturmvogels auf dem Arm. Also haben wir uns als Sturmvogel 2 umbenannt. Die Tattoos haben wir ja leicht ergänzen können. Nebenbei kamen aber auch noch Eure *Schlapphüte* vom Verfassungsschutz bei uns vorbei und haben uns durchleuchtet. Aber das müsste doch in der Akte stehen."

Dabei zeigt Walstadt wieder auf den Ordner der auf dem Tisch liegt. Schneider schweigt und nach kurzer Pause fragt er:

„Wissen Sie, wie er auf diesen doch seltenen Namen kam, dieser Sir Toby"?

„Wir hatten uns das auch gefragt, weil keiner von uns überhaupt etwas von einem Sturmvogel vorher gehört hatte oder wusste. Er sagte, er habe einmal einen Tierfilm über die Antarktis gesehen, wo dieser Sturmvogel vorkommt. Darin hat ihn dieser Vogel so stark beeindruckt, wie er in dieser lebensfeindlichen Welt überlebt, sodass er irgendwie Parallelen zu seinem Leben sah. Keiner hat das so recht verstanden, aber er war ja unser Chief."

„Nun gut dazu! Hat er irgendwelche Feinde oder Gegner innerhalb oder außerhalb der Clique gehabt?" fragt Schneider.

„Mit Gero und Mirko gab es in letzter Zeit oft gewaltigen Zoff, da die beiden schwer auf *Crack* abgefahren sind.

Toby hat zwar die Kohle genommen, hat aber schlecht

geliefert oder gar nicht.

Seitdem er zu Hause rausgeflogen ist, war das mit der Kohle manchmal  ganz auf *Nullo*. Er hat da noch ein Versteck in dem Gartenhaus hinter dem Haus seiner Eltern, wo sich dieser Bunker unter einer Fußbodenbohle befindet. Ich glaube, Gero weiß auch von diesem Versteck."

Schneider unterbricht ihn:

„Sie wissen also genau über diesen Bunker Bescheid. Also werden Sie mit der KTU eine Ortsbesichtigung machen müssen. Und übrigens ist dieser Gero viel leicht dieser Gero Ebner und heißt dieser Mirko vielleicht Gruber mit Nachnamen?"

„Genau, und die beiden sind nicht nur erbärmlich dumm, sondern auch brutal und höchst gefährlich." antwortet Walstadt kurz.

Schneider greift zum Telefon und am anderen Ende meldet sich der Chef der KTU.

*

Mirko Gruber, der sich an jenem Samstagabend im Lokal am Yachthafen am widerlichsten gegenüber Uli Stein benommen hat, fühlt sich nach diesem Auftritt den anderen beiden überlegen. Er sieht sich schon als direkten Nachfolger ihres getöteten Chiefs Toby. Seine Körpersprache und seine aggressive Tonart lassen keine Zweifel offen. In seinen Überlegungen wer ihren Chief getötet haben könne, denkt er zunächst an Gero Ebner, da zwischen den beiden noch einige größere Rechnungen offen sind. Auch Andreas Walstadt schließt er in den Täterkreis mit ein, da dieser *hinterfotzige Typ* schon länger die Rolle des Chief im Auge habe. Das ist ja allen in der Clique bekannt. Der Streit eskaliert erst richtig, als Walstadt ihm vorhält, dass er, Mirko, als unterbelichteter Speichellecker des Sir Toby doch nur dessen Nachfolge im Sinn habe. Nicht nur dafür, sondern auch als Vergeltung für die maßlosen Demütigungen die er vom Chief fast täglich ertragen musste. Es ging sogar so weit, dass Mirko einspringen musste, wenn für Sir Toby mal keine Frau zu bekommen war. Durch den dauernden Drogenkonsum war im Laufe der Zeit jegliche sexuelle Kontrolle komplett über Bord gegangen.

Das seien ebenfalls Gründe genug, um den Chief zu liquidieren, werfen ihm die beiden anderen an den Kopf. Wutentbrannt entfernt sich Mirko, und in seinem Hirn wächst ein teuflischer Plan.

*

Als Uli Stein in der Brenner Alle 37A ankommt, liegt über Haus und Garten eine spürbar traurige Verlassenheit. Uli kennt diese Häuser und Gärten, wenn die Menschen, die noch vor wenigen Tagen all dies gepflegt hatten, nicht mehr da sind. Sie glaubt, dass Haus und Garten ebenfalls trauern, zumindest empfindet sie so etwas.

Viele halten das für verrückt. Uli aber überhaupt nicht. Sie geht um das Haus herum und durchstreift den Garten. Dabei macht sie mehrere Aufnahmen mit ihrem Tablet, mit dem sie auch im Haus noch einige Bilder zusätzlich aufnehmen will. Die Fotos von den Kollegen der Spurensicherung sind ihr zu sachlich. Als sie zur Haustür kommt und das Siegel überprüft, hört sie, wie eine Männerstimme aus dem Garten, der sich an den rückwärtigen Teil des Grundstücks anschließt, ruft:

„Hallo Sie da, was machen Sie da an diesem Haus? Hier ist niemand zu Hause. Also verschwinden Sie, sonst rufe ich die Polizei!"

Uli geht gezielt auf den Mann am Gartenzaun zu, holt

ihren Dienstausweis aus einer kleinen Tasche und hält diesen dem älteren Mann entgegen, dann sagt sie mit einem charmanten Lächeln:

„Bemühen Sie sich nicht, die Polizei ist schon da. KOK Ulrike Stein vom LKA. Und Sie sind?"

Überrascht und daher leicht stotternd, antwortet der Mann im Unterhemd und einer ziemlich zerschlissenen kurzen Hose:

„Oh, ich bitte vielmals um Entschuldigung junge Frau, das konnte ich nicht wissen. Aber seit zwei Tagen schleichen hier noch mehr Leute um das Haus und im Garten herum als früher. Übrigens, mein Name ist Antonius Weiss. Ich wohne gerade hier. Dabei zeigt er auf die Rückfront eines Hauses in etwa fünfzehn Meter Entfernung. Eine große Terrasse führt über eine Treppe direkt in den Garten. Beide Gärten berühren sich auf einer Länge von etwa zwanzig Metern. Uli bemerkt sofort, dass sie hier einen, nennen wir es mal, umsichtigen Nachbarn vor sich hat. Richtiger wäre allerdings, das Verhalten als sehr neugierig zu bezeichnen.

„Hatte nicht Schneider fast nur nichtssagende oder wertlose Befragungsprotokolle aus der Nachbarschaft vorgelesen?",

sagt sie sich.

„Lieber Herr Weiss",

beginnt Uli in einem freundlichen Ton.

„Waren meine Kollegen schon bei Ihnen und haben

Sie zu ihren Nachbarn, der Familie Berghaus, befragt?"

„Bei uns war niemand. Das wüsste ich. Und übrigens bin ich den ganzen Tag zu Hause. Was wollen Sie denn wissen?"

Uli tritt jetzt näher an den Zaun heran, damit sie nicht so laut reden muss.

„Wir wüssten gerne besser Bescheid über die Familie Berghaus und da ist uns jede Informationsquelle wichtig. Aber das geht nun wirklich nicht hier über den Gartenzaun hinweg. Könnten Sie denn vielleicht nachher kurz zu uns Präsidium kommen? Sagen wir so gegen 14 Uhr."

Dabei gibt Uli ihm ihre Visitenkarte. Antonius Weiss dreht das Kärtchen hin und her, dann sagt er leise:

„Können Sie mir sagen, wo das ist. Ohne Brille kann ich das überhaupt nicht lesen. Der Blick in die Ferne ist noch optimal, auch ohne Brille.

Nur bei der Gartenarbeit stört die schon ungemein."

„Das ist im Landeskriminalamt im zweiten Stock, die Zimmer 214 bis 218 und mein Name ist Ulrike Stein. Finden Sie das, oder sollen wir sie abholen lassen?" fragt Uli über den Gartenzaun.

„Natürlich weiß ich wo das LKA ist, und abholen lassen, das ist nicht nötig. Anschließend werde ich mit meiner Frau noch einen kleinen Stadtbummel unternehmen. Da hat man ja eine wichtige Aufgabe."

Uli muss tief durchatmen.

„Oh je, was hab ich denn da wohl für ein Fass aufgemacht? Der findet sich jetzt schon extrem wichtig.
Und so pflichtbewusst, wie er mir erscheint, wird es
wahrscheinlich ein längeres Protokoll geben. Na ja,
besser als keine Informationen",
sagt sich Uli und entfernt sich Richtung Wohnhaus
der Familie Berghaus.

Nachdem sie das Polizeisiegel durchtrennt hat, öffnet
sie die notdürftig verriegelte Haustür. Langsam tritt sie
in das stille Haus ein. Die Luft ist stickig und steht.
Hier riecht nichts mehr nach Leben.
Kommt man um diese Tageszeit in andere Häuser,
weiß man oft schon im Flur, was es mittags zu essen
gibt.
Aber hier erscheint alles tot. Kein Radio läuft, kein
Kanarienvogel oder Wellensittich begrüßt den Heim-
kehrer. Keine Katze, kein Hund, die auf einen warten.
Nur auf der Fensterbank im Wohnzimmer ein paar
Blumen. Nichts Besonderes. So wenig einfallsreich wie
die Außenarchitektur präsentiert sich auch die Innen-
architektur. Die Einrichtung wurde wahrscheinlich
komplett mit allem Drumherum von einem Einrich-
tungshaus hingestellt. Da hat offenbar, auch hinterher,
niemand mehr die Idee gehabt, einen Sessel oder gar
einen Tisch zu verschieben. Auf dem Couchtisch
liegen einige ältere, ziemlich wild durchblätterte
Tageszeitungen, daneben eine Frauenzeitschrift.

Im Schrankregal drei Frauenromane, insgesamt vier Bildbände über verschiedene Urlaubsländer. Sonst hat sich keine Literatur hierher verirrt. In einer Ecke links vom Schrank steht ein großer Flachbildschirm. Etwa zwei Meter davor ein seltsamer Ohrenbackensessel. Weder in seiner Form und noch weniger in seinem fürchterlich ockerfarbenen Lederbezug, passt er zu den übrigen Sesseln und der Couch im dunklen Grün. Auf den ersten Blick erscheint alles ordentlich aufgeräumt und sauber, auch in den übrigen Räumen, die Uli nach und nach begeht. Sie will sich ein Bild von der Familie machen, wie sie lebt. Hier findet sie keinen rechten Platz, an dem sie sagen könnte, hier wird gelebt.

„Nein, hier ist, oder besser hier waren nur Menschen vor Ort. Leben sieht doch ganz anders aus",

sagt sich Uli. Und auf einmal spürt sie mitten im Hochsommer nicht die wohltuende Abkühlung, sondern eher eine beklemmende Kälte, die von diesem Haus ausgeht und sich wie ein feuchtes Leinentuch über alles legt.

Sie begibt sich ins Freie, in die Sonne, die wieder das Thermometer hochjagt. Uli spürt, dass sie diesen Wechsel jetzt unbedingt nötig hat.

Nach einigen Minuten der Entspannung begibt sie sich wieder ins Haus, jetzt aber in der gezielten Absicht, nach Dokumenten zu suchen, die etwas mehr Licht in das Leben der Familie bringen könnten.

In einer Seitentür des Wohnzimmerschrankes, findet sie mehrere Ordner, aufgeteilt in bestimmte Rubriken. Der Ordner, der keine Beschriftung auf seinem Rücken trägt, erweckt sofort Ulis Neugier. Darin sind klar geordnet und abgeheftet Arztrechnungen, Kopien von Arztbriefen und Entlassungsberichten von Krankenhäusern. Beim Überfliegen mancher Briefe bemerkt sie, dass sie hier auf die Hilfe eines Mediziners angewiesen ist. Sie packt den Ordner in die Jutetasche und arbeitet sich durch die übrigen. Bis auf einen weiteren, erscheinen alle anderen ziemlich unergiebig.

Dieser Ordner ist mit „Zeugnisse und Verträge" beschriftet. Nachdem sie auch diesen kurz durchblättert hat, verschwindet das Exemplar ebenfalls in der Jutetasche. Als sie die Schublade darunter öffnet, findet sie drei große Fotoalben. Uli sieht jedes Album intensiv durch. Unter fast allen Bildern findet man je einen kleinen erklärenden Text. Zudem ist alles chronologisch geordnet. Das letzte Album endet abrupt 2010 im Herbst, mit einem Bild von Vater und Sohn, vor dem sechs Meter hohen Wahrzeichen der Hafeneinfahrt zum Lindauer Hafen. Vater und Sohn lehnen sich an den Sockel des ganz aus Sandstein gehauenen Löwen, der aufmerksam über den Bodensee schaut. Die beiden Männer versuchen  Lässigkeit auszustrahlen, aber Uli erkennt doch eine gewisse Verkrampfung, die ja nicht ungewöhnlich ist zwischen Vätern und ihren Söhnen in diesem Alter. Hier fehlt ein Texteintrag. Nur Bodensee Herbst 2010.

Danach schweigt das Buch.

Auch finden sich keine weiteren Fotos mehr in der Schublade. Sie macht mit ihrem Tablet von dieser letzten Seite ein Foto und legt die Alben wieder in die Schublade zurück.

Uli will nicht zu viele private Dinge der Familie mitnehmen, die nicht wesentlich mehr an Information hergeben. Nachdem sie die Eingangstür wieder gut verschlossen und versiegelt hat, begibt sie sich zu ihrem Wagen. Als sie einsteigen will, kommt eine junge Frau, Uli schätzt sie Ende dreißig, auf sie zu.

„Guten Morgen, mein Name ist Elvira Forster. Ich wohne hier im Haus gegenüber."

Dabei zeigt sie auf ein dreistöckiges Mehrfamilienhaus.

„Ich vermute mal, dass sie von der Polizei sind", spricht sie Uli an.

„Ganz recht, ich bin KOK Ulrike Stein vom LKA."

Dabei zeigt sie ihr den Dienstausweis und gibt ihr die Hand.

„Sie müssen wissen, als die Beamten hier in der Straße die Befragungen durchgeführt hatten, war ich für zwei Tage nicht zu Hause. Heute Morgen hat mich meine Nachbarin darüber informiert. Ich wollte Ihnen, so gut ich kann, behilflich sein. Frau Berghaus und ich sind etwas befreundet. Meine Tochter Stefanie und Jens sind gleichaltrig, daher die Verbindung",

sagt die Frau im hellblauen Leinenkleid.

Uli Stein ist schon verwundert, da sie innerhalb einer Stunde gleich zwei Personen gefunden hat, die eine Aussage über die Familie Berghaus machen wollen.

„Vermutlich waren die ersten Befragungen noch zu früh, und das Auftreten uniformierter Beamter kann schon zu einer Blockade führen",

denkt sie sich.

„Na gut, Frau Forster, ich wäre Ihnen dankbar, wenn Sie heute im Laufe des Nachmittags bei uns im Präsidium vorbeischauen würden. Dann könnten wir uns besser und eingehender unterhalten. Ich gebe Ihnen meine Karte."

Nachdem Uli Ihr die Visitenkarte ausgehändigt hat, verabschiedet sie sich schnell, denn sie will noch die medizinischen Unterlagen der Familie Berghaus bei Prof. Dr. Mayer, dem Gerichtsmediziner, vorbei bringen, damit dieser schon einmal einen Blick darauf werfen kann. Später will sie mit ihm die Einzelheiten besprechen.

Die Fahrt zur Gerichtsmedizin ist heute quälend lang, denn die Straßen sind verstopft, die Autos schleppen sich wie die Fußgänger durch die schwülen Häuser-schluchten, und viele haben vom Sommer schon genug. Bei Uli kommen auch hin und wieder solche Gedanken auf. Die Sehnsucht nach kühlen Morgen und der Behaglichkeit eines wärmenden Ofens, anstatt der jetzt drückenden Hitze in den Häusern.

Als Uli am Institut für Rechtsmedizin ankommt, sieht

sie, dass Mayers Auto auf dem Parkplatz steht und sie freut sich schon, ihn wieder zu sehen, denn der Samstagabend auf der Terrasse im Yachthafen war nach der Geschichte mit den drei Chaoten anschliessend doch ganz angenehm und interessant. Mayer spricht ja nicht sehr viel, aber dafür hat er ein großes Repertoire und seine Ausführungen sind inhaltlich sehr ausgewogen, und hin und wieder auch amüsant, wobei aber immer ein leichter Zynismus mitschwingt. So etwas mag Uli, besser als die seltsam gedrechselten Reden ihres Kollegen Schneider. Bei vielen seiner Ausführungen weiß oft keiner mehr so recht, was er eigentlich meint. Seine missglückten Erklärungen von eigentlich klaren Verhältnissen sind derart verschraubt, dass der wirklich wichtige Inhalt völlig ausgelaugt, fast nicht mehr zu erkennen ist. Küsters Kampf gegen diese Form der eigenwilligen Rhetorik Schneiders ist nach wie vor ungebrochen.

„Wie angenehm sind doch Menschen wie Prof. Mayer, die sich klar ausdrücken können, die auf jede dümmliche Verschraubung verzichten wollen", denkt Uli, als sie das Sekretariat betritt. Die Sekretärin kennt die Kommissarin schon seit mehr als einem Jahr. Die Begrüßung ist daher locker und sehr freundlich.

„Guten Morgen, Frau Stein. Freut mich, sie zu sehen. Sie kommen sicherlich nicht nur, um sich in unseren kühlen Räumen von der Hitze zu erholen. Aber wenn Sie zu Prof. Dr. Mayer möchten, der ist gerade vor zehn Minuten zu einer Sitzung gegangen. Ich denke, er wird frühestens in einer Stunde wieder zurück sein. Darf ich Ihnen etwas anbieten? Einen kühlen Eistee vielleicht?"

Uli, erfreut über die angenehme Begrüßung, versucht im gleichen angenehmen Ton zu antworten:

„Ja, da kann man nichts machen. Aber Frau Schwarz, wären Sie so nett und würden Ihrem Chef diese Unterlagen auf seinen Schreibtisch legen, vielleicht mit einer kurzen Notiz, damit er sich die Sachen mal durchsehen kann. Und übrigens, vielen Dank für Ihr Getränkeangebot, aber ich bin wirklich sehr in Eile."

Dann übergibt sie ihr den Ordner mit den medizinischen Unterlagen der Familie Berghaus.

\*

Küster sitzt schon mehr als vier Stunden ununterbrochen über den Akten des Doppelmordes vor zwei Jahren an dem Ehepaar aus Taunusstein. Immer wieder bleibt er an der Tatwaffe hängen. An Hand der zahlreichen Hülsen am Tatort und auch durch die Asservierung von Projektilen aus den Leichen, gelang den Spezialisten des BKA, eine recht genaue Tatwaffenbestimmung. Sie waren sich sicher, dass es sich bei der Tatwaffe um eine russische „Makarov 9 mm" handelt. Küster kann sich bis heute keinen Reim auf eine Tätergruppe machen, die einen Doppelmord ohne erkennbares Motiv verübt. Immer wieder stößt er mit seinen Gedanken an die Russen oder Ost-Europa Mafia. Aber hier haben sie überhaupt keine Verbindungen oder Kontakte gefunden, weder im privaten noch im geschäftlichen Bereich.

„Aber Makaraovs gibt es seit dem Ende der DDR wie Sand am Meer",

sagt er sich. Und Küster weiß auch, dass er zum Kauf solch einer Pistole in Frankfurt noch keine halbe Stunde braucht. Also wird das Spektrum der Täter oder des Täters extrem weit. Nach weiteren zwei Stunden gibt er auf. Wieder einmal hat er nichts entdeckt, was ihn hätte weiterbringen können. Leicht resigniert legt er den Ordner wieder weg. Doch dann kommt ihm der Gedanke, dass vielleicht sein ehe-maliger Kollege Willi Graf, jetzt in einem gewissen zeitlichen und räumlichen Abstand das Ganze unter einem anderen Blickwinkel betrachten würde, ähnlich wie sein baumlanger Kollege Schneider, der ja auch alles aus einer erhöhten Perspektive betrachtet, worauf er immer voller Stolz hinweist.

Seltsamerweise ist ihm offenbar nicht bewusst, dass er diese erhöhte Perspektive ganz allein seiner Körper-länge zu verdanken hat und nicht seiner begrenzten Intelligenz.

Kurz darauf hat er Irmgard Graf am Telefon.

„Hallo Irmgard! Hier ist Herbert am Telefon."

Jetzt gebraucht Küster völlig problemlos die Anrede „Hallo". Es ist für ihn eine typische *Telefon Anrede*, die er noch aus seiner Kindheit kennt. Den Transfer in die Umgangsanredeform hat er nie gewollt und auch nie vollzogen.

„Dummer Amerikanischer Quatsch!",

sagt er hin und wieder etwas mürrisch, wenn es ihm zu viel wird. Besonders wenn er im Flur permanent ein Hallo hier, ein Hallo da, aus jeder Ecke hören muss.

„Also liebe Irmgard, nochmals vielen Dank für den schönen Abend, letzten Samstag. Ich glaube, der hat uns allen drei gut getan, obwohl Willi schon sehr früh fest eingeschlafen war."

Irmgard wird neugierig, denn sie kennt Küster schon lange genug, als dass sie nicht wüsste, dass hier nicht die wiederholte Dankesrede der Grund des Anrufs sein würde.

„Das wäre ja eine echte Neuheit, und so viel reden ist sowieso nicht sein Ding",

sagt sie sich. Und bevor Küster sein Anliegen vor-bringen kann, hat Irmgard schon reagiert.

„Ich könnte mir vorstellen, dass du noch ein paar Worte mit Willi reden möchtest. Der steht schon neben mir. Also dann bis bald. Du bist doch jederzeit herzlich willkommen."

Willi Graf hat schnell begriffen, mit wem seine Frau

da telefoniert. Er ergreift das Telefon und setzt sich in einen Sessel.

„Mein lieber Herbert, zunächst muss ich mich doch bei dir entschuldigen, dass ich so ein schlechter Gastgeber war, letzten Samstag. Aber seit ich die vielen Medikamente einnehme und zusätzlich drei oder vier Bier trinke, bin ich auf einmal weg wie in Narkose. Nicht dass du denkst, dein Besuch wäre langweilig gewesen. Ganz im Gegenteil!
Nun, wo drückt der Schuh?",
fragt Willi direkt. Drumherum reden mag auch er nicht, darin befindet er sich mit Küster in gleicher Gesellschaft.

„Du erinnerst dich noch an den Fall in Taunusstein, den Doppelmord an den Eheleuten. Wir hatten am Samstag kurz darüber gesprochen. Und das ganze Wochenende ging mir die Sache nicht mehr aus dem Kopf. Sodass ich heute stundenlang die Akte durch-gearbeitet habe. Doch ich sehe keinen Fehler, keine Details, die wir übersehen hätten. Ich denke, du hast mittlerweile einen größeren Abstand von dem ganzen Apparat, und dann sieht man die Dinge doch etwas anders, als wenn man mittendrin steckt. Man sagt ja auch das Beispiel mit Bäume und Wald und so weiter. Du weißt ja, was ich meine. Nun, was hältst du davon, wenn ich dir die Akte mal vorbeibringe?"
Küster hat den Satz kaum beendet, da kommt schon ohne lange Umschweife und Überlegung die klare

Antwort:

„Ganz wunderbar, das übernehme ich doch gerne. Wenn ich euch noch irgendwie helfen kann, bin ich doch da, und es regt auch meinen Kopf an. Weißt Du, zu viel Ruhe ist auch nicht gut. Also bring mir die Sachen vorbei. Ich freue mich schon darauf."

Mehr reden die beiden nicht.

„Die Gespräche am letzten Samstag reichen schon mal für eine gewisse Zeit", sagt sich Küster, als er aufgelegt hat.

\*

Schneider, Walstadt und das Team der Spurensicherung treffen etwa gleichzeitig am Gartenhaus der Familie Berghaus zusammen. Es ist nicht mehr als eine ziemlich vergammelte Bretterbude, die sich ihnen da bietet.

„Hoffentlich fällt der Schuppen nicht zusammen, wenn wir uns darin umsehen",

bemerkt einer der KTU-Leute, wobei man aus seinem Tonfall heraus hört, dass er die Sache schon ernst meint.

„Aha, das ist also das Versteck",

beginnt Schneider.

„Nicht gerade sicher, aber schon originell, das muss man sagen."

Einer der Beamten schießt mehrere Fotos von außen, und als die Tür geöffnet wird, bevor sie die Bude betreten, auch von innen.

„Es ist eine typische Rumpelkammer für allerlei Gartengeräte, also ganz unauffällig, gute Tarnung", sagt sich Schneider. Nur was nicht so ganz passt, ist ein alter, total vergammelter Teppich oder besser eine Orient-Brücke. Sicherlich nicht echt, eher eine billige Kopie, die vor einer ebenso vergammelten Kommode liegt. Auch dieses Stück stellt keinen Wert dar.

Man erwartet Walstadt's Hinweis auf den Bunker.

„Wenn Sie den Teppich am rechten Ende anheben, dann sehen Sie darunter einen Bohlenboden. Die vierte Bohle von rechts muss man am Ende mit der Hammerspitze anheben, darunter ist der Bunker. Der Hammer liegt in der zweiten Schublade der Kommode."

Einer der Beamten öffnet die zweite Schublade, findet darin allerlei Schnüre, Mäusekot, aber keinen Hammer. Auch in allen übrigen Schubladen ist kein Hammer zu finden. Mit einem großen Schraubenzieher gelingt es ihnen, die Bohle anzuheben. Darunter sehen sie eine, mit Backsteinen aufgesetzte Grube, etwa dreißig mal vierzig Zentimeter groß und etwa zwanzig Zentimeter tief. Darin liegt am linken Ende ein Paket. Es ist mit schwerem dunkelgrünem Stoff umwickelt, sonst ist

der Bunker leer. Nachdem alles fotografisch doku-
mentiert ist, wird das Stoffpaket herausgeholt und
geöffnet.

*

Uli Stein ist noch mit ihrem Früchtejoghurt
beschäftigt, als Antonius Weiss und seine Frau
Elfriede, schon zehn Minuten zu früh im Flur Platz
genommen haben. Um die Leute nicht zu verärgern,
nimmt die Sekretärin schon einmal die Personalien
auf. Antonius Weiss, als ehemaliger Mitarbeiter des
Statistischen Bundesamtes, kennt natürlich bestens die
Gepflogenheiten in Behörden. Daher lässt er es sich
nicht nehmen, in Fällen, wie auch in diesem, allein das
Wort zu führen. Seine Frau *Fried*, wie er sie schon seit
ihrer Hochzeit nennt, den Namen Elfriede benutzt er
nur, wenn sie irgendwelche Behördengänge absol-
vieren müssen, hatte diese schmerzliche Zerstücke-
lung ihres schönen Vornamens, und das meinte sie
ernst, irgendwann einmal hingenommen. Zum Glück
hatte er nicht noch eine Frieda aus ihr gemacht, sagte
sie sich, denn dann hätte sie sich ernstlich beschwert.
Eine ihrer Tanten hieß Frieda, und mit dieser Frau
kam sie überhaupt nicht zurecht. Also, *Fried* hat in

Geschäften und Lokalen immer eine freie Hand, und mit gewissen Einschränkungen auch zu Hause, je nach Stimmungs- und Sachlage. Aber Behördengänge, die sind ganz allein seine Sache. Da blüht er richtig auf. Da kennt er sich ja bestens aus.

Als sie bei Uli Stein eintreten, stellt Antonius seine Elfriede vor, damit diese nur noch der Kommissarin die Hand geben muss, um dann schweigend neben ihrem Mann Platz zu nehmen. Noch bevor Uli Stein ihren Dank für das Erscheinen der beiden aussprechen kann, legt Antonius los. Wie zu erwarten war, beginnt er, wie man so sagt, bei Adam und Eva:

„Wir kennen die Familie Berghaus seit mehr als zwanzig Jahren, und wir hatten früher öfter mal im Sommer zusammen gegrillt. Mal in unserem Garten, mal bei ihnen. Das ging so lange gut, bis der Junge so etwa dreizehn, vierzehn Jahre alt war. Da kam es zu einem entsetzlichen Zwischenfall. Zu diesem Zeitpunkt hatten wir  noch einen kleinen Hund, einen Mischling aus dem Tierheim, also keinen wertvollen Rassehund. Aber ein ganz liebes Tier, an dem unser Herz hing, wie man so sagt. An jenem Nachmittag lief der Junge mit seinem Jagdbogen durch den elterlichen Garten und schoss dabei auf verschiedene Ziele. Ich vermute mal, dass ihm die Schießübungen auf unbewegliche Ziele mit der Zeit langweilig wurden. Und irgendwann war dann unser Klemens, so hieß der Hund, das lohnende lebende Ziel für unseren *Jagd-*

*freund.* Als wir das tote Tier entdeckten, war uns klar, dass dieser Schuss kein verirrter Schuss sein konnte, obwohl der junge Berghaus dies mehrfach beteuerte, denn der Pfeil steckte tief im Brustkasten. Ein Jäger hätte wohl stolz von einem Blattschuss gesprochen. Niemand hatte etwas gesehen. Nach dem Vorfall hatte sich der Junge entschuldigt. Aber was half es, Klemens war tot. Ach übrigens, tot! Der alte Berghaus hatte danach den Jungen fast tot geprügelt. Er konnte etwa eine Woche lang nicht zur Schule gehen. Seit diesem Ereignis sind unsere Begegnungen seltener geworden. Gemeinsame Grillabende gab es keine mehr. Dass *die Alte*, ich meine Frau Berghaus, den Jungen immer so sehr in Schutz genommen hat und auch in diesem Fall noch davon sprach, dass der dumme Hund ja auch nicht so unachtsam im Garten herumlaufen müsse, das war mir dann doch bei weitem zu viel.
Ich wollte mit dieser *blöden Kuh* nichts mehr zu tun haben. Jahre später sahen wir den Jungen mit zwei oder drei Freunden öfter im Garten. Die hockten dann stundenlang in dem kleinen Gartenhaus, aus dem  dann neben ziemlich schräger Musik auch kleinere Rauchwolken zu uns herüberströmten. Anfangs war uns der Gestank schon etwas fremd, aber mit der Zeit hatten wir uns an den typischen Geruch gewöhnt. Irgendwann einmal hatten wir einen Schaden an der Markise über unserer Gartenterrasse. Unter den zwei Arbeitern war ein junger Mann, ich

schätze ihn mal so zwanzig Jahre. Als die beiden so einige Zeit gearbeitet hatten, stieg wieder so eine kleine Rauchwolke aus dem Gartenhaus, die zu uns herübergeweht wurde. Der jüngere hob seine Nase in den Wind, wie es Jagdhunde tun, dann schnüffelte er auffällig und bemerkte, dass dort in der Bretterbude Hasch, wie er es nannte, geraucht würde. Seither kennen  wir den Geruch."

Uli unterbricht den Erzähler kurz:

„Kennen Sie die anderen Freunde, die sich im Garten öfter mit Jens trafen?"

Dabei legt sie drei Fotos vor. Auf diesen sind die Rüpel vom vergangenen Samstag aus dem Lokal am Yachthafen, zu erkennen. Antonius Weiss zieht die Bilder etwas näher, dann schiebt er die Brille auf der Nase etwas hin und her, und noch bevor er irgendeine Äußerung von sich geben kann, hat seine Frau jetzt die Möglichkeit gesehen, auch ihren Beitrag zu leisten:

„Aber klar! Die drei kenne ich genau! Die sind oft im Garten mit Jens! Und ihre Vornamen kenne ich auch. Den hier nennen sie  Andy".

Dabei zeigt sie auf das Foto von Andreas Walstadt. Dann zeigt sie auf die Fotos von Gero Ebner und Mirko Gruber, von denen sie jeweils den Vornamen kennt. Antonius Weiss schweigt. Er kann hierzu keinen Beitrag leisten.

„Frau Kommissarin, ich bin täglich viele Stunden im Garten bei meinen Blumen und da entgehen mir die

Aktionen zehn Meter weiter, zwangsläufig nicht. Mein Mann behauptet zwar, dass er noch gut sehen könne, aber da bin ich anderer Meinung."

Und in der Tat, Antonius Weiss erkennt keinen der drei jungen Männer. Nur an einen Namen kann er sich noch erinnern. Dieser Gero hat manchmal ganz heftigen Streit mit dem jungen Berghaus gehabt. Und der war auch in den letzten Tagen öfter im Garten und im Gartenhaus, auch alleine, immer spät abends."

„Ja hat denn von der Familie niemand bemerkt, dass sich da einer im Garten herumtreibt?",

fragt Uli Stein.

„Wo denken Sie hin, Frau Kommissarin. Erstens ist *die Alte*, Sie erlauben, dass ich sie so nenne, mehr als zwölf Stunden am Tag mit Hausputz oben, Hausputz unten beschäftigt. Zweitens, den Garten versorgt der Mann, aber nur wenn er Lust und Zeit hat. So sieht er ja auch aus. Und der Zutritt zum rückwärtigen Garten gelingt durch eine Lücke im Zaun, sodass man mühelos von dem kleinen Fußweg, der dort endet, völlig unbemerkt in den Garten gelangen kann. Der alte Berghaus kommt selten vor 22 Uhr nach Hause, manchmal noch später. Früher hat er öfter davon gesprochen, dass er besonders bei diesen Geschäftsessen, wie er sie nannte, die besten Abschlüsse machte. Wahrscheinlich ist das auch heute noch so."

Nach einer kurzen Pause holt Uli tief Luft:

„Und an jenem Freitagmorgen, sehr früh, so etwa 6 bis 7 Uhr, haben Sie nichts gesehen oder gehört?"

„Tut uns wirklich leid, Frau Kommissarin, aber wir schlafen in der Regel bis 8 Uhr, seitdem  mein Mann in Pension ist und wir haben beide einen tiefen Schlaf. Uns hat erst das Martinshorn vom Rettungswagen geweckt, aber da war ja offenbar schon alles vorbei."

Uli Stein sieht jetzt keinen Grund mehr, die Befragung weiter fortzusetzen, denn sie hatte schon genügend Information erhalten.

Um ihre Entschlossenheit zu unterstreichen, erhebt sie sich von ihrem Platz.

„Ich danke Ihnen beiden vielmals für ihre große Unterstützung. Sie haben uns wirklich sehr geholfen. Und dann wünsche ich Ihnen noch einen schönen Nachmittag. Es ist ja ein herrliches Wetter für einen kleinen Bummel und einem Besuch in einem Eiscafé."

Die beiden haben sofort begriffen, dass man offenbar kein Interesse mehr an weiterer Information wünscht. Antonius Weiss kurvte hin und wieder hart an der Grenze zum Tratsch herum. Wenn solche wilden Ausschweifungen aufkommen reagiert Uli ziemlich allergisch.

Beim Verlassen von Ulis Büro, kommen sie zwangs-läufig der Pinnwand auf  etwa drei Meter nah. Elfriede hält einen kurzen Moment inne und blickt intensiv zur

Tafel. Offenbar kann sie doch einige Details wahrnehmen, aber wie viele sie sieht, sagt sie nicht.
Ihrem Mann erscheint die Pinnwand offenbar unleserlich, denn der strebt schon dem Ausgang zu. Er hat
nur einen kurzen Blick in die Richtung geworfen. Mit
seiner Vorstellung von einem guten Auge, wie er von
sich behauptet, liegt er, mal objektiv betrachtet, ganz
gewaltig daneben.

\*

Gewaltig daneben liegen auch Schneider und die
Leute von der KTU, als sie das Paket, das sie aus
dem Bunker geholt haben, langsam öffnen.
Anstatt eines erhofften Drogenfundes, halten sie eine
Makarov PM 9 mm fertiggeladen und entsichert in der
Hand. Zusätzlich ein vollgeladenes zweites Magazin
und eine angebrochene fünfziger Packung Munition,
die mehr als zur Hälfte leer ist.
„Donnerwetter!",
bemerkt Schneider und fährt sich mit der flachen
Hand über seinen Kahlschädel. Ungefragt erklärt
Walstadt sofort:
„Davon habe ich nichts gewusst."

„Und das sollen wir Ihnen glauben! Sie kennen alle Details dieses Verstecks und wissen nichts von der Waffe. Für wie blöd halten Sie uns eigentlich?“, gibt Schneider leicht angesäuert zur Antwort. Nach einer kurzen Pause beginnt Walstadt leise:

„Also das mit der *Wumme* war schon vor ein paar Jahren das Gespräch zwischen Gero und Toby. Toby hatte mal eine kurze Zeit etwas schlechtes *Gras* vertickt. Da gab es mächtig Zoff und man wollte ihm ans Leder. Dann hat Gero ihm sofort die *Wumme* besorgt. Er ist nebenbei auch noch Türsteher in einer üblen Kneipe in Frankfurt, in so einem illegalen Puff. Der sagte, es sei kein Problem für ihn.

Soweit ich weiß, hat Toby die Pistole bezahlt aber benutzt wurde sie von beiden, soweit ich weiß.“

„Nun mal etwas genauer!“, insistiert Schneider

„Wenn man so ein Ding benutzt, dann doch nicht, um auf der Kirmes an der Schießbude Rosen zu schießen. Was haben die beiden damit gemacht? Jetzt aber klare Ansage! Mitwisserschaft einer schweren Straftat, das kann Dich fünf Jahre Knast kosten.“

Schneider erhöht jetzt den Druck, Walstadt antwortet fast weinerlich:

„Ich versichere Ihnen, ich weiß wirklich nicht was die damit gemacht haben. Sie haben mal vom Hunsrück gesprochen, mal vom Taunus, wo sie auf die Jagd gehen wollten. Aber mehr weiß ich wirklich nicht.“

Schneider merkt, dass er zurzeit aus dem Jungen nicht mehr herauskriegt. Über sein Handy gibt er der Zentrale eine Fahndung nach Gero Ebner heraus, der sofort zur Befragung ins Präsidium gebracht werden soll. Walstadt nehmen sie auch mit, da seine Aussagen protokolliert werden müssen.

\*

Als Küster bei seinem ehemaligen Kollegen Willi Graf vorfährt, steht dieser schon erwartungsvoll in der Eingangstür. Offenbar hat er schon vom Esszimmer-fenster aus, das einen freien Blick auf die Straße bietet, Ausschau nach Küsters altem VW Passat gehalten, der insofern auffällt, als das dieser eine besondere Farbe hat. Das auffällige Grün an seinem Wagen ist kein typisches *VW-Grün*, das hat ihm ein VW-Experte schon vor vier Jahren gesagt. Es ist das Grün der alten Hannomag Schlepper. Irgendeine kleine Werkstadt im Taunus hatte ihm seinen Klapperkasten für wenig Geld entrostet und neu lackiert, aber eben mit diesem sehr seltsamen Schlepper Grün. Küster fand es gut, und seinen Wagen wollte er ja nicht schon nach 60 000 km verschrotten. Nun ja, dieses besondere Grün ist jetzt weithin in Polizei-und Gaunerkreisen bestens bekannt. Mittlerweile hat es fast schon Blaulicht und Martinshorn ersetzen können. -

Küster übergibt Willi schnell die Akte und erklärt ihm, dass es wichtige Neuigkeiten im Fall Jens Berghaus gäbe und er deswegen wieder sofort ins Präsidium müsse.

Schneider ist mittlerweile mit Waldorf angekommen und sie sitzen bereits im Vernehmungszimmer. Zusätzlich anwesend ist eine junge Anwärterin, die neben Schneider Platz genommen hat. Schneider erklärt Walstadt jetzt, dass das Gespräch aufgezeichnet wird, und belehrt ihn über die Konsequenzen einer Falschaussage und dem Verschweigen einer Mitwisserschaft. Küster beobachtet das Gespräch eine kurze Zeit und stellt fest, dass sein Adlatus die Sache heute gut anfängt. Dann begibt er sich zur KTU.

Die Leute haben verschiedene Fingerabdrücke auf der Waffe sichergestellt. Als Küster die Pistole in der Hand hält, kommt in ihm das beklemmende Gefühl auf, als könnte dies, die (!) Makarov PM sein, mit der das Ehepaar in Taunus ermordet wurde. Dabei gräbt sich wieder einmal sein rechter Zeigefinger in das linke Nasenloch. Küster denkt wieder einmal nach.

„Aber was soll es denn da für eine Verbindung geben? Völlig absurd",

sagt er sich. Dennoch ruft er beim BKA an und lässt sich mit den Spezialisten der Tatwaffenbestimmung verbinden. Dem Kollegen am anderen Ende erklärt er seine Gedankengänge und bittet ihn, doch einmal zu prüfen, ob nicht diese Makarov PM die Tatwaffe bei dem bisher ungeklärten Mord an dem jungen Ehepaar im Taunus sein könne. Der Kollege vom BKA verspricht ihm, die Sache selbst in die Hand zu nehmen, wenn Pistole und Munition angekommen sind. Nach dem unumgänglichen Schreibkram wird ein KTU Mitarbeiter mit Waffe und Munition zum BKA losgeschickt.

Schneider ist immer noch bei der Vernehmung von Walstadt.

*

Mittlerweile gibt es in der Klinik einige kleine Neuigkeiten. Der Infarktpatient Berghaus scheint jetzt kreislaufstabil zu sein. Die Laborwerte und andere wichtige Parameter lassen den vorsichtigen Schluss zu, ihn vielleicht doch innerhalb der nächsten 48 Stunden aus dem künstlichen Koma zu erwecken. Seine Frau stammelt jetzt schlecht verständliche Worte, aber noch keine sinnvollen Sätze.

Man kann auch hier davon ausgehen, dass in den nächsten Tagen doch eine Vernehmung möglich ist. Diese Information kommt um 16.20 Uhr per Fax aus der Klinik. Unterschrieben hat eine Frau Dr.med., *unleserlich*, wie das so üblich ist bei den Medizinern.

Als Küster mit dem Fax bei Uli Stein vorbeikommen will, sieht er, dass sie bereits im Gespräch mit der Nachbarin von gegenüber, jener Frau Elvira Forster ist. Küster will nicht stören, daher begibt er sich in den Nebenraum des Vernehmungszimmers und hört sich Schneiders Befragung an, die jetzt nach wenigen Minuten zu Ende ist.

Das Gespräch zwischen Uli Stein und Frau Elvira Forster bringt doch einige Neuigkeiten. Ganz besonders über das Familienleben der Familie Berghaus. Da der junge Berghaus im gleichen Alter wie ihre Tochter Stefanie war, haben die Kinder viel miteinander gespielt, und so war auch der Kontakt der Mütter zustande gekommen. Frau Forster beschreibt ihre Nachbarin als außerordentlich korrekt und genau, aber auch sehr hilfsbereit und absolut verlässlich.

„So wie die Norddeutschen halt eben sind", bemerkt sie mit leichtem Zynismus.

„Sie müssen wissen, sie ist eine geborene Jensen, und da ihr Mann nicht wollte, dass sie ihren Namen nach der Eheschließung beibehielt, willigte er in den Namen Jens bei dem Jungen ein, als dieser zur Welt kam. Damit hatte sie so ein wenig die *Jensen Dynastie* gerettet, wie sie oft genug sagte. Er hingegen protzte gerne mit seiner großherzigen Kompromissbereitschaft in dieser Sache, und so kam es nicht selten vor, dass er den

Jungen *Jensen* anstatt Jens rief. Dadurch wurde das Kind schon früh zu einem Zankapfel in deren Beziehung. Die Mutter liebte ihn abgöttisch. Ich glaube, sie hat den größten Teil ihrer Liebe auf den Jungen projiziert. Für ihren Mann Winfried, blieb da nicht mehr viel übrig. Na, das hat er sich dann sonst wo gesucht. Sie können sich das übrige ja denken.

Mit dem Jungen hatte der Vater von Beginn an so gut wie keine Beziehung aufgebaut. Er war aufgrund seines Berufs wenig zu Hause. In den ersten Jahren schlief das Kind noch, wenn er außer Haus ging. Und wenn er nach Hause kam, schlief der Kleine schon wieder. So hat der Junge den Vater quasi nur am Wochenende erlebt und dann hat sich der kleine Kerl schon früh aufgespielt wie ein Prinz oder, schlimmer noch, wie ein Tyrann.

Das konnte ja auf die Dauer nicht gut gehen. Die Mutter hat den Kleinen von Anfang an wie einen kleinen Prinzen behandelt, der alles besser wusste und konnte. Er war der Schlaueste und Schönste. Meine Tochter Stefanie hat öfter davon erzählt, wie aufsehen erregend seine Auftritte im Kindergarten waren. Frau Berghaus musste öfter zu Gesprächen mit den Erzieherinnen. Damals habe ich erstmalig den Begriff *Narzisstische Persönlichkeitsstörung* gehört. Ich konnte mir überhaupt nichts darunter vorstellen. Als der Junge dann in die Schule kam, gingen die Probleme weiter. Aber es kamen neue und noch wesentlich schlimmere Verhaltensstörungen hinzu. Er wurde arrogant, wusste alles besser, war neidisch auf andere. Er war so sehr von sich überzeugt, dass er meinte, er sei etwas Besonderes und Einmaliges. Obwohl er schon sehr intelligent war, hat er das Abitur gerade so geschafft. Ich glaube, da waren schon die Drogen ganz gewaltig mit im Spiel. Unsere Stefanie hat dann schon früh jeden Kontakt mit ihm beendet, da zu seiner Überheblichkeit und den Drogen auch noch diese Cliquenbildung hinzukam, als deren Boss er sich sah. Aus dem hübschen und früher sehr höflichen Jungen, wurde von Jahr zu Jahr ein richtiges Schreckgespenst. Von da an waren auch die Kontakte mit Frau Berghaus sehr weit abgekühlt. Die Entfremdung ging aber von ihr aus. Mit Herrn Berghaus haben wir sowieso ganz wenig Kontakt. Und den Jungen habe ich im letzten Jahr nur noch selten gesehen. Wenn überhaupt, dann mit zwei oder drei schlimmen Typen und dann auch meistens im Garten und in dem verfallenen Gartenhaus. Ich bin mir sicher, Frau Berghaus hat diese üblen Gestalten nicht ins Haus gelassen."

Das waren wichtige Informationen über den jungen Berghaus, die Uli aufmerksam verfolgt hat. Sie bedankt sich bei Frau Forster für die sehr umfangreiche und detaillierte Beschreibung der Familie, ganz ohne den Anflug einer positiven oder negativen Bewertung. Uli sagt ihr dies auch ausdrücklich. All diese modernen gesellschaftlichen Einflüsse hatten

offensichtlich die narzisstischen Züge dieses jungen
Mannes in seiner Entwicklung verstärkt und gefördert.
Kaum hat Frau Forster das Büro von Uli Stein
verlassen, schon steht Küster im Raum. In der einen
Hand hält er das Fax aus der Klinik, in der anderen
Hand einen großen Fruchtbecher mit Eis, den er
gerade hat holen lassen. Er weiß, wie man die KOK
verwöhnen kann.

„Drei wichtige Dinge",

fängt Küster seine leicht beschwingte Rede an.

„Zuerst eine kleine Erfrischung für dich, da du heute
so viel Beichtvater sein musstest.

Aber zweitens wird sich unser Fall wahrscheinlich
schnell klären lassen, denn beide Zeugen sind etwa in
zwei Tagen zu befragen. Hier das Fax aus der Klinik."
Dabei wedelt er mit dem Blatt etwas ungeschickt
herum und legt es bei Uli auf den Schreibtisch.

„Und drittens haben wir in dem Gartenhaus der
Familie Berghaus ein Versteck entdeckt, in dem der
junge Toby ein Warenlager an Drogen hatte, das aber
leer ist. Stattdessen haben wir eine Pistole mit Munition gefunden, eine Makarov PM 9 mm, und die ist
schon beim BKA."

Küster schweigt kurz, dann beginnt er von neuem:

„Ich mag ja vielleicht völlig daneben liegen, aber am
Wochenende haben mein alter Kollege Willi Graf und
ich über die alten Zeiten, wie man so sagt, geredet.
Dabei haben wir auch über den Doppelmord des

Ehepaares aus Taunusstein gesprochen, der uns bis heute noch beschäftigt und an dem wir einfach nicht weiterkommen. Und jetzt, wo ich die Makarov sehe, kommt mir die Idee, als könnte hier die Tatwaffe vorliegen. Aber ich finde absolut noch keinen Zusammenhang zwischen Berghaus und dem getöteten Ehepaar. Bestimmt liege ich da wieder falsch. Aber warten wir mal das Ergebnis des BKA ab."

Uli hat Küsters Neuigkeiten interessiert zugehört, während sie ihren Fruchtbecher gelöffelt hat. Dann berichtet sie in groben Zügen, was sie an Information über die Familie erfahren konnte. Speziell die schon auffällige Entwicklung des jungen Berghaus hebt sie hervor.

„Er ist ein Mensch mit dem Bedürfnis nach übermäßiger Bewunderung und einer unbegründeten Anspruchshaltung, vor allem in der übertriebenen Erwartung an eine besonders bevorzugte Behandlung seiner Person. Er fordert die automatische Erfüllung all dieser überzogenen Erwartungen. Offenbar hat er als Kind keine Grenzen kennengelernt und auch nicht die Kontrolle von Impulsen. Wie sonst ist zu erklären, dass er mit einem Bogen den harmlosen kleinen Hund des Nachbarn völlig grundlos, wohl durch einen Impuls gesteuert, erschießt. Die Tatsache, dass er die Gefühle der älteren Nachbarn ignoriert und sich auch noch hochmütig und arrogant ihnen gegenüber gezeigt

hat, beruht wohl auf einem gehörigen Mangel an
Empathie.

Ein zusätzliches und spezielles Problem ist die
Neigung zu Alkohol, Tabak, Medikamente und
härterer Drogen."

„Das ist ja sehr interessant, aber leider nur das Opfer-
Profil. Was wir brauchen, ist ein Täter-Profil",
bemerkt Küster trocken. Mittlerweile ist es schon nach
17 Uhr, und die beiden verabschieden sich bis zum
nächsten Morgen. Schneider arbeitet noch an den
Protokollen mit Walstadt. Dann begibt er sich auch
nach Hause. Diesen Gero Ebner haben die Streifen
weder auf der Arbeit, noch zu Hause angetroffen.
Schneider ordnet die Vorführung für den nächsten
Morgen an. Er sieht da keine Gefahr im Verzug.

\*

Seit Stunden sitzt Willi Graf an seinem Schreibtisch
und fühlt sich wieder ganz wie im Kommissariat.
Neben dem dicken Ordner des ungeklärten Doppelmordes in Taunusstein hat er seinen großen Notizblock liegen, auf dem er schon einige Stichworte
gesammelt hat. Irmgard kann ihn nur schwer zum
Abendessen unterbrechen, so sehr hat er sich wieder
in die *Räuberpistole* hineingekniet.

Reden muss er nicht. Nur hin und wieder vernimmt man ein leises „Aha". Irmgard weiß, dass sie ihren Sherlock Holmes, wie sie ihn hin und wieder nennt, wenn sie ihn etwas ärgern will, ja nicht stören darf.
„Der Fernseher bleibt aus! Da kommt sowieso nur Mist! Und Radio brauchen wir heute Abend auch nicht",
gibt er kurz nach dem Abendessen ganz bestimmend bekannt, als wären da noch weiß Gott wie viele Personen im Haus. Was natürlich nicht der Fall ist. Aber den Ton hat er immer noch an sich, sagt sich Irmgard. Klug wie sie ist, zieht sie sich in den Garten zurück und legt sich auf der Terrasse auf eine Liege. Sie blättert in der Tageszeitung und hat sich noch diverse andere Zeitschriften dazu geholt. So vergeht der Abend, ohne dass die beiden miteinander geredet hätten. Jeder irgendwie in seiner eigenen Welt mit einem angenehmen Gefühl der Zufriedenheit, auch wenn sich beide Welten in diesem kleinen Vorstadt-Universum heute nicht begegnen. Die Gedanken an den ungelösten Mordfall rauben Willi den Schlaf. Mehrmals wird er wach und begibt sich zum Schreibtisch. Er blättert zum wiederholten Mal in Protokollen. Manche davon glaubt er schon auswendig zu kennen. Er findet absolut keine Unschlüssigkeiten. Alles erscheint ihm korrekt. Am kommenden Morgen fühlt er sich zwar wie gerädert und seine bekannte morgendliche Schweigsamkeit ist noch ausgeprägter als

sonst, wenn es da überhaupt noch eine Steigerung
gibt. Sicherlich wird durch die zusätzliche Einsilbigkeit
seiner Frau, dieses Gefühl noch verstärkt. Nach dem
Frühstück zieht es ihn wieder sofort an den Schreibtisch. Die Tageszeitung findet heute keine Beachtung,
genauso wenig wie das elegante und attraktive Aussehen seiner Frau, die sich auf den Weg zum Modehaus macht. Sie will ihn nicht weiter stören und mit
einem festen Kuss auf dessen Stirn verabschiedet sie
sich:

„Viel Spaß bei deiner *Räuberpistole*, dann bis heute
Nachmittag."

Mehr als ein fast schon mürrisches Ja,ja kann Willi
nicht entbehren. Gegen Mittag hält er einen DIN A5
großen Zettel in der Hand, der mit einer Büroklammer
an eines der Protokolle geheftet ist. Er erkennt darauf
sofort die Handschrift seines Kollegen Küster. Es
handelt sich um eine Arbeitsnotiz, so die Überschrift.
Darauf stehen, in der Tat notizenhaft: Befragung,
Freunde, Verwandte, Mitarbeiterstab.(Büro,
Produktion) Feste Mitarbeiter, Leiharbeiter,
Praktikanten. Dann geht er wieder alle Protokolle
durch. Jetzt fällt ihm auf, dass es keine Aktenvermerke
über Praktikanten gibt. Um sicher zu sein, blättert er
noch zweimal und dabei immer hastiger den Ordner
durch. Er hat das Gefühl, hier eine Schwachstelle in
den Ermittlungen gefunden zu haben.

„Welche Firma hat heutzutage denn keine Praktikanten?",

fragt er sich. Dann lehnt er sich im Sessel zurück und denkt nach.

Die Telefonnummer der Personalverwaltung in der Schraubenfabrik kann er aus der Akte entnehmen.

Mit einer gewissen Anspannung wählt er die Nummer.

Am anderen Ende meldet sich eine Frauenstimme.

Willi Graf beginnt mit:

„Guten Morgen, hier KHK Willi Graf, kann ich bitte Herrn Fischer sprechen?"

Willi verzichtet auf den Zusatz i.R. (in Ruhe).

Er wird später behaupten, er habe das vergessen, oder man habe das noch nicht so drin.

„Ach, Herr Kommissar. Wie geht es Ihnen? Sind Sie immer noch mit der schlimmen Geschichte unseres ehemaligen Chefs beschäftigt?",

fragt die Sekretärin und erklärt ihm, dass sie doch die Angelika Fassbender sei und er sich doch an sie erinnern müsse. Willi Graf kann damit nichts anfangen, aber um nicht unhöflich zu sein sagt er schnell:

„Doch, doch!"

Kurz darauf hat sie die Verbindung zum Personalchef hergestellt.

„Guten Morgen Herr Graf. Schön, wieder einmal etwas von Ihnen und Ihrer *Firma* zu hören", beginnt Fischer das Gespräch. Willi Graf mag diesen unpassenden Ausdruck Firma überhaupt nicht, so wie dieser seine Institution benennt. Er findet den Begriff nicht nur falsch, sondern auch abwertend und überhaupt nicht lässig. Aber er muss sich hier doch sehr zurückhalten, denn seine jetzigen *Undercover* Ermittlungen sind weder Küster bekannt, noch sind sie durch irgendjemand anderen abgesegnet.

„Wie können wir Ihnen helfen? Ich vermute mal, Sie untersuchen immer noch in dieser schrecklichen Mord Geschichte an unserem Chef und seiner Frau."

Willi Graf, kein Freund von langem Herumgerede, kommt sofort zur Sache:

„Uns ist aufgefallen, dass es damals bei der Befragung der Mitarbeiter, auch ehemaliger, keine Berichte über Praktikanten gab. Jetzt meine Frage:

Gab oder gibt es in Ihrer Firma keine Praktikanten?"

Fischer muss nicht lange überlegen und antwortet sofort:

„Aber sicher, wir haben seit mehr als zehn Jahren mindestens vier bis fünf Praktikanten hier, fast in jedem Bereich. Ich kann mir denken, Sie möchten eine Liste dieser Personen haben."

Willi Graf spürt jetzt die unbeschreibliche Erregung eines Jagdhundes, der Witterung aufgenommen hat. Er kennt diese Adrenalinschübe.

„Ja, sehr gerne. Wenn es Ihnen nichts ausmacht, hätten wir gerne die Liste von 2009 bis 2012 einschließlich. Und könnten Sie uns dies per Fax schicken? Die Nummer kennen Sie sicherlich noch. Und schon jetzt meinen Dank für Ihre Bemühungen." Dann legt Willi Graf auf. Aus dem Bauch heraus hat er das untrügliche Gefühl, dass er sich hier auf einer wichtigen Spur befindet. Polizisten und Ärzte beschreiben dieses Gespür sehr oft. Hochtrabend nennen es manche Geisteswissenschaftler Intuition, dabei ist der Begriff Bauchgefühl viel treffender. Seltsamerweise behauptet Küster immer, er habe es im Urin. Womit auch er richtig liegt. Leider war dieser von ihm sehr oft gebrauchte Ausspruch mit einer der kleinen Mosaiksteine für das Zerwürfnis mit seiner Frau. Aber am Ende war ja schon ein „Guten Morgen" zu viel.

Er muss Küster sofort anrufen und ihn von seinen Recherchen in Kenntnis setzen.

„Das muss noch geschehen, bevor das Fax im Präsidium ankommt. Es geht überhaupt nicht, dass sein Freund keine Kenntnis davon hat",

sagt er sich und wählt sofort Küsters Durchwahl.

*

Als Uli Stein die Protokolle vom Tag zuvor durchgeht, erscheint der Gerichtsmediziner Prof. Dr. Mayer bei ihr. In der Hand hält er die Krankenunterlagen aus dem Haus der Familie Berghaus. Uli bietet ihm einen Platz an und fragt nach einer kleinen Erfrischung oder gar einem Kaffee oder Tee. Da er sich auf einen Kaffee einlässt, beschließt Uli, sich auch einen zu nehmen. Die Kaffeemaschine ist auch im Sommer permanent in Betrieb.

„Guten Morgen, Herr Mayer",

beginnt Uli freundlich. Auf das „Professor und Doktor" hat Mayer schon vor mehr als einem Jahr verzichtet. Vielleicht war dies schon der erste getarnte Versuch einer zaghaften Annäherung.

„Es freut mich, Sie heute Morgen hier zu sehen. Und wie ich vermute, haben Sie schon fleißig gewirkt." Dabei zeigt sie auf die Unterlagen. Mayer nickt kurz.

„Wenn es Ihnen jetzt recht ist, wollte ich die Fakten mit Ihnen durchgehen. Ich hätte nun die Zeit dazu und lange wird es auch nicht dauern."

Uli nickt kurz und führt eine Handbewegung aus, die einem *Bitteschön* entspricht.

„Also, fangen wir mal mit dem Harmlosesten an, dem Vater. Der hatte oder hat vielleicht noch ein kleines Alkoholproblem. Sie wissen ja über seinen Führerscheinentzug Bescheid. Ansonsten habe ich neben Verordnungen von Hochdruckmedikamenten nichts Besonderes gefunden. Die Mutter ist öfter in psychiatrischer Behandlung gewesen. Zu einer klaren Diagnose hat sich da niemand durchgerungen. Man findet häufig den Begriff *Verdacht auf*. Offenbar eine schwierige Person. Möglicherweise liegt hier ein Grenzfall vor, so möchte ich mich mal etwas unwissenschaftlich ausdrücken. Nun zu dem Jungen. Über seinen körperlichen Zustand haben wir bereits bei der Sektion gesprochen. Darauf will ich nicht noch einmal eingehen. Aber es gibt hier mehrere Gutachten von Kinder- und Jugendpsychologen. Ich möchte diese Berichte nicht alle einzeln besprechen. Aber in der Summe sind sich alle Kollegen einig. Bei dem Jungen handelt es sich um eine ausgeprägte narzisstische Persönlichkeitsstörung. Die Mutter speziell, hat durch ihr absolut falsches Erziehungsprogramm, diese Störung massiv verstärkt. Wie alle Gutachter einhellig beschreiben, hat sie keinerlei Einsicht gezeigt. Manchen Gutachter hat sie sogar des Schwachsinns beschuldigt.

Die Folgen dieser Entwicklung haben wir ja in dem schweren körperlichen Zerfall des Jungen gesehen. Ergebnisse des schon frühen und ungebremsten Konsums an Alkohol, Tabak und allen möglichen Rauschmitteln.

Die Mutter hat dies alles negiert, wie fast alle Kollegen bestätigt haben.

Es ist noch nicht ganz 10 Uhr, da erscheint die Schwester von Frau Berghaus in Begleitung einer Beamtin im Büro von Uli Stein. Eine auf den ersten Blick sehr sympathische Frau um die vierzig. Ihr

strohblondes, mittellanges Haar ist an den Schläfen
leicht ergraut. Sie hat die Haare zu einem kleinen
dicken Zopf geflochten. Darin mitverflochten ist ein
kleines blaues Bändchen, das gleiche Blau wie ihre
Augen. Sie trägt ein hellblaues Top. Eine feine Gold-
kette am Hals, ohne irgendein Anhängsel. Ihre stark
gebräunte Haut lässt entweder auf viel Gartenarbeit,
oder auf häufige Schwimmbadbesuche schließen. An
den Händen und den Armen sieht Mayer sofort, dass
hier eine *Gärtnerin* vor ihm steht. Und der kräftige
Händedruck bei der Begrüßung bestätigt seine An-
nahme noch mehr. Mit einem:

„Hallo, mein Name ist Birgid Hunsicker",
begrüßt sie nacheinander Uli und danach Prof. Mayer.
Als Mayer Anstalten macht zu gehen, ergreift Uli
schnell das Wort:

„Frau Hunsicker, ich möchte Ihnen gerne Prof. Dr.
Mayer vorstellen, unseren Rechtsmediziner, der mit
dem Tod ihres Neffen betraut ist. Ebenso kennt er
auch wesentliche Fakten aus der Krankheitsgeschichte
Ihrer Schwester Ute Berghaus. Ich hätte es gerne,
wenn er bei unserem Gespräch mit dabei wäre. Ist
Ihnen das recht?"

Mayer, ziemlich überrumpelt von der *Stein'schen
Strategie*, weiß natürlich, dass hier keine Vorlaufzeit
für irgendwelche Absprachen war.

In seiner sehr galanten Art überspielt er die Situation,
um keine Peinlichkeit aufkommen zu lassen:

„Ja, Frau Hunsicker. Bei der Durchsicht der Kranken-
akten Ihrer Schwester sind mir einige Dinge aufgefallen, die ich auch mal gerne mit ganz nahen Ver-
wandten von ihr besprochen hätte. Und da sind Sie
uns als Ihre Schwester hoch willkommen."

Das hatte den Eindruck einer guten Koordination
hinterlassen. Uli bewundert, wie gekonnt, Mayer
schwierige Situationen gar nicht erst entstehen lässt.
Sie berichtet, wie die Situation an diesem Freitagmorgen im Haus ihrer Schwester war, dabei vermeidet
sie aber, den Mord an dem Jungen zu beschreiben.
Über den Zustand von Frau Berghaus macht sie
längere Ausführungen. Dann beginnt Frau Hunsicker:
„Also, meine Schwester war schon von klein an immer
etwas komisch, möchte ich mal sagen. Sie hat so seltsame Spiele mit irgendwelchen seltsamen Phantasie-
figuren gespielt. Ich weiß nicht, ob so etwas normal
ist."

Dabei schaut sie Mayer fragend an. Der macht ein
regungsloses Gesicht. Dennoch merkt man sein
Interesse an ihren Ausführungen.

„In der Pubertät gab es sehr oft ganz massiven Streit
mit den Eltern. Manchmal blieb sie auch über Nacht
weg. Niemand wusste, wo sie war. Die Eltern waren
froh, als sie dann ihren Mann kennenlernte. Der war
damals im Urlaub in Eutin. Mit ihm ist sie dann nach
Gießen gezogen. Ich bin dann fünf Jahre später auch
aus der schönen Holsteinischen Schweiz hier geland-

et. Das Meer fehlt uns schon. Anfangs hatten wir viele Kontakte während unserer gemeinsamen Zeit in Gießen. Dann bekam mein Schwager eine gute Stelle in Wiesbaden, und so wurden die Treffen seltener. Als dann nach langem Warten endlich der Junge zur Welt kam, hatten wir uns anfangs wieder öfter gesehen. Heute kann ich sagen, dass das Kind der Beziehung nicht gut getan hat. Mein Schwager wurde von Jahr zu Jahr gereizter, laut und unduldsam. Meine Schwester hat nur noch den kleinen *Prinzen* hofiert und zudem bewundert. Es gab in dieser Zeit unzählige Fotos von *Prinz Jens*.

Jens beim Eis essen, Jens beim Schuhe binden, Jens beim Sandburgbau, Jens auf dem Töpfchen, Jens ohne Töpfchen und so weiter und so fort. Jens hinten, Jens vorn, Jens überall. Da war absolut kein Platz mehr für irgendein anderes Geschöpf auf diesem Planeten. Das hat die Ehe schwer belastet und den *Prinzen,* der übrigens ziemlich schlau ist, zu einem Haustyrannen gemacht. Soweit ich weiß, hat er auch in der Schule und im Beruf diesen Tyrannen weiterhin und unmissverständlich gespielt. Von Freundschaften ist mir auch nichts bekannt.

Dann war auch noch das Drogenproblem. Meine Schwester hat das immer verleugnet und verharmlost. Viele krumme Dinge haben die *Alten* dann mit Geld bereinigt. Sie hatten ja genug in dieser Zeit. In den letzten Jahren haben wir dann die Kontakte stark reduziert. Das Thema Jens oder Sir Toby, wie er sich jetzt nennt, hat wesentlich dazu beigetragen. Mein Mann arbeitet auf Montage und ich in einem Baumarkt. Wir könnten solche Sachen nicht machen. Wir sind froh, dass wir einigermaßen gut leben können, und die Kinder sind ohne größere Probleme groß geworden. Und wenn ich das hier sehe…!"

Dann schweigt sie. Sie schüttelt den Kopf.

Und an dem kräftigen Schnäuzen ins Taschentuch erahnt man ein Weinen.

*

Als Küster den Hörer abnimmt, hofft er, dass sich am anderen Ende die Kollegen vom BKA melden. Doch es ist Willi Graf. Aber auch der Anruf seines Freundes Willi verspricht so wie er ihn kennt, Neuigkeiten. Er berichtet ihm von diesem unauffälligen handschriftlichen Notizzettel, den er eben in der Akte gefunden habe, und was er daraufhin in die Wege geleitet habe. Nachdem Küster umfassend von seinem Freund Willi informiert ist, muss er zunächst einmal schlucken. Sofort kommt ihm in den Sinn:

„Wenn dieses Fax, was da kommen wird, für die Ermittlung ein wichtiges Dokument ist, dann wird es schwierig, der Staatsanwaltschaft die Herkunft zu erklären. Er ahnt schon, was mit solchen Beweismitteln in der Regel geschieht."

Zunächst bedankt er sich bei seinem Freund, denn noch ist nichts passiert.

Er geht minutenlang abwechselnd mal mit dem rechten, mal mit dem linken Finger in der Nase im Zimmer auf und ab. Sein langes, intensives Nachdenken trägt jetzt Früchte. Wenn an der Sache wirklich etwas dran sein sollte, sieht er hier eine tragfähige Lösung. Schneider steht an der Pinnwand und ist damit beschäftigt schriftliche Ergänzungen vorzunehmen. Als der KOK Schneider ihn wahrnimmt, ruft er:

„Guten Morgen, Chef! Ich bin bald fertig hier."
Küster geht gezielt auf ihn zu, und in einem Tonfall, den Schneider nur allzu gut kennt und der nichts Gutes verheißen lässt, antwortet dieser knapp:

„Guten Morgen, und kommen Sie mal sofort mit!"
Der eben noch beflissentliche und gut gelaunte Oberkommissar bekommt wieder die bekannten schweißigen Hände und in seinem Kopf dröhnt es. Er überlegt, was er wohl jetzt wieder verbockt hat.

„Wahrscheinlich haben sie diesen Gero Ebner immer noch nicht gefasst, und der hat ein Ding gedreht. Ja, ja, so wird es sein."

Geht es in seinem Kopf hin und her.

Als die beiden in Küsters Zimmer ankommen, will Schneider schon mit seiner Entschuldigung beginnen. Aber Küster würgt sein Plädoyer jäh ab.

„Können Sie sich noch an den Doppelmord an dem Ehepaar in Taunusstein erinnern? Sie waren damals damit beauftragt, das Personal der Firma zu befragen und deren Vita zu durchleuchten."

„Ja Chef, das habe ich auch gründlich gemacht. Die Protokolle müssen alle noch vorhanden sein."

„Eben nicht!",

antwortet Küster in leicht erbostem Ton.

„Es liegt kein Fetzen Papier vor, aus dem erkenntlich ist, ob Sie je über Praktikanten in der Firma irgendeine Notiz oder gar eine Befragung durchgeführt haben. Was sagen Sie dazu?"

Schneider errötet massiv. Nach einer kurzen Pause antwortet er nicht etwa kleinlaut, sondern mit fester Stimme:

„Von Praktikanten war, soweit ich mich erinnern kann, nicht die Rede."

Diese Arroganz, die Schneider an den Tag legt, geht Küster jetzt doch zu weit. In einem härteren und lauteren Ton kommt jetzt eine richtige Standpauke.

„In diesem Ordner befindet sich eine handschriftliche Notiz von mir in DIN A 5 Größe. Darauf steht *Arbeitsnotiz* und die Aufgaben. Darunter unter anderem auch die Befragung von Praktikanten. Das ist eine Dienstanweisung. Sie wissen doch, was das ist. Bei der Bundeswehr nennen sie das Befehl. Und wenn einer diesen Befehl nicht ausführt, so ist das eine Befehlsverweigerung.

Die haben dort saftige Strafen. Sie haben hier ebenfalls meine Anweisung nicht befolgt. Versuchen Sie jetzt ja nicht, irgendwelche schwachsinnigen Erklärungen zu erfinden. Ich habe die Akte leider zu Hause, aber morgen werde ich Ihnen den Beweis liefern. Und diese Anweisung werden Sie jetzt sofort ausführen.

Sie fahren umgehend nach Taunusstein in die Verwaltung der Schraubenfabrik und sehen sich die Liste der Prak-tikanten von 2009 bis 2012 durch. Und eine Kopie davon bringen Sie natürlich mit!"

„Aber Chef, ich wollte…"

Küster schneidet ihm sofort das Wort ab.

„Ich denke, ich habe mich deutlich genug ausgedrückt. Sie haben jetzt nichts zu wollen!

Und über einen Eintrag in Ihre Personalakte denke ich noch nach."

Schneider entfernt sich, ohne ein Wort zu sagen.

Küster weiß, dass er jetzt schnell handeln muss.

Sofort ruft er die Personalverwaltung der Schrauben-fabrik in Taunusstein an und erklärt, dass der KOK Schneider unterwegs sei, um die Liste der ehemaligen Praktikanten vor Ort einzusehen. Dann wären die Unterlagen auf ganz offiziellem Weg beschafft worden und kein Staatsanwalt könnte ihnen noch nachträglich *in die Suppe spucken.*

Als Küster das Fax vom BKA in die Hand bekommt, bemerkt er zum ersten Mal ein leichtes Zittern. Er ist so sehr erregt, dass er die Nachricht mindestens zweimal lesen muss.

„Bei der eingesandten Pistole Makarov PM 9 mm handelt es sich nach den ballistischen Untersuchungen eindeutig um die Tatwaffe, mit der der Doppelmord 2012 in Taunusstein begangen wurde.

Weiterhin wurde mit dieser Waffe im Februar 2012 ein Waldarbeiter im Hunsrück in der Nähe von Stromberg erschossen."

Küster setzt sich hin und liest das Fax mindestens noch dreimal. Dann greift er zum Hörer und ruft den Leiter der KTU an, um nach Fingerabdrücken auf der Pistole zu fragen. Man findet Fingerabdrücke des jungen Berghaus, aber auch zwei Fingerabdrücke, die derzeit noch nicht zuzuordnen sind. Küsters Nervosität steigt, denn er spürt, dass er hier auf einer unerwartet interessanten Spur jagt.

*

Als die beiden Polizeibeamten auf dem Parkplatz des Sägewerkes vorfahren, verändert sich die zuvor noch bestandene, eher ruhige Betriebsamkeit, in eine deutliche Hektik. Der Wandel fällt so offensichtlich mit dem Erscheinen der Staatsgewalt zusammen, dass der aufmerksame Beobachter den Eindruck haben könnte, als wäre hier ein Nest kleinerer und größerer Ganoven, die sich blitzschnell mit der Buschtrommel über die drohende Gefahr gegenseitig gewarnt hätten. Wahrscheinlich ist dies aber nicht der Fall. Es kann eher sein, dass nur ein paar bislang unentdeckte kleine Verkehrssünder darunter sind. Die Beamten steuern geradewegs auf das Personalbüro zu, beobachten aber unübersehbar die Szene. Mancher der Arbeiter vermeidet auffällig den direkten Sichtkontakt mit den Beamten. Vermutlich weniger aus Desinteresse, sondern eher aus Verachtung gegenüber der Polizei. Die Beamten kennen diese Blicke. Sie wissen, dass diese Typen schon mindestens einmal in ihrem Leben mit der Staatsmacht aneinander geraten sind.

Im Personalbüro werden die beiden höflich, aber nicht überschwänglich begrüßt, was sie auch nicht erwarten. Als sie sich nach Gero Ebner erkundigen, den sie zu einer Befragung mit ins Präsidium nehmen wollen, kommt sofort von einer jungen Mitarbeiterin die aufgeregte Frage:

„Hat der was angestellt, etwas Schlimmes, vielleicht?"

Einer der Polizisten antwortet mit einem knappen Nein und fragt, wo sie ihn finden könnten.

„Einen Moment bitte, ich werde ihn über Handy anrufen",

gibt eine der Sekretärinnen zur Antwort.

Nach ein paar Minuten erscheint Gero.

Ein riesiger, mindestens 1,90 m großer und mindestens 100 kg schwerer Bär steht in der Tür und lächelt etwas arrogant, als er die Polizisten wahrnimmt, die weder in Körpergröße noch in der Gewichtsklasse mit ihm mithalten können.

„Na, was haben die Herren vom Gesetz denn heute für Fragen an mich? Habe ich wieder falsch geparkt oder einer Oma die Handtasche geraubt?"

Einer der Polizisten hält ihm die schriftliche Vorladung zur Befragung mit den Worten unter die Nase:

„Jetzt lassen Sie diese albernen und abgedroschenen Sprüche. Wir müssen Sie wegen einer anderen Geschichte befragen. Sie haben noch fünf Minuten Zeit, sich umzuziehen."

Kurz danach erscheint Gero wieder in einem ärmellosen Shirt. Beide Arme weisen kaum noch eine freie Stelle auf, auf der man noch ein neues Tattoo applizieren könnte. Er trägt eine Jeans, deren Beine etwa zehn Zentimeter oberhalb der Knie abgeschnitten sind. Das Ganze ist so unfachmännisch ausgeführt, dass es nicht schwer fällt zu erkennen, dass dies ein Produkt seiner eigener Haute Couture ist. Während der Fahrt ins Präsidium wird im Streifenwagen nichts geredet. Gero weiß, dass die Beamten sowieso nichts sagen werden, und er will auch kein *blödes Bullengelaber* hören, wie er sich öfter ausdrückt. Als sie im Präsidium ankommen, werden sie schon von KHK Küster und KOK Uli Stein erwartet. Hinzu kommt ein Kollege der Spurensicherung, der sofort die Fingerabdrücke bei Gero abnimmt. Küster hat bereits das Aufzeichnungsgerät eingeschaltet und mit den notwendigen Formalitäten besprochen. Als Gero höflich von Uli Stein gebeten wird, im Besprechungszimmer Platz zu nehmen, wird das sonst so sicher erscheinende *Schwergewicht* etwas unsicher.

Keine Spur von Animosität, keine Überheblichkeit, keine erkennbaren Rachegelüste. Alles dies kann er bei Uli Stein nicht finden. Der Frau, die er mit seiner Clique am vergangenen Samstagabend so infam beleidigt und gedemütigt hatte. Sie könnte doch jetzt kraft ihres Amtes alle möglichen Gemeinheiten *aus dem Hut zaubern,* so lange sie rechtens sind. Und er könnte nichts dagegen tun. Er müsste all dies ertragen wie ein kleiner Schuljunge, dem der Lehrer vor versammelter Klasse die Leviten liest.

Sie hat den Abend sicherlich nicht vergessen.

Gero wäre es lieber, sie würde jetzt eine grobe Schimpfkanonade über ihm abfeuern, ihm vielleicht noch voller Wut eine Ohrfeige verpassen. Dann wüsste er, woran er ist. Aber mit dieser *besonderen* Art *der Barmherzigkeit*, wie es bestimmt viele Pfaffen sehen würden, kommt Gero nicht zurecht.

Nein, diese Frau steht darüber!

Für Uli ist hier kein Raum für Barmherzigkeit. Nicht einmal die Spur von Empathie zu diesem Subjekt. Ihr Gegenüber, an dem weder Bildung noch Erziehung irgendwelche erkennbaren Spuren hinterlassen haben, ist ihr absolut egal. Hass aufzubauen gegen eine Person hat ja zur Grundlage, dass man den anderen als Person wahrnimmt. Aber dieser Mensch ist ihr absolut gleichgültig. Gero hat so eine Art der Begegnung noch nie erlebt. Er glaubt sogar, eine gewisse Schwäche in dem Verhalten der Kommissarin zu sehen. In seiner gefährlichen Dummheit fühlt er sich jetzt sicher in der *großherzigen und verzeihenden Barmherzigkeit* der Oberkommissarin.

Küster legt ihm mehrere Fotos vor. Darauf die Makarov PM, die angebrochene Munitionsschachtel und Bilder des Bunkers im Gartenhaus der Familie Berghaus.

„Wir wüssten gerne, was Sie zu all dem zu sagen haben",

beginnt Küster in einem ruhigen Ton. In Ruhe sieht sich Gero die Fotos nacheinander an, dann legt er sie zur Seite, und mit einem arroganten Lächeln antwortet er:

„Das ist eine Pistole, und das ist wahrscheinlich die Munition dazu. Und das hier ist vielleicht eine Grube, oder was weiß ich? Ich kenne all diese Sachen nicht."
Küster, immer noch sehr ruhig und besonnen:
„Nun gut, dann wollen wir mal neue Saiten aufziehen. Diese Grube, wie Sie dies hier beschreiben"-
dabei zeigt Küster demonstrativ auf das letzte Foto und tippt mehrfach mit dem Zeigefinger darauf,
„hierbei handelt es sich um ein Versteck im Garten-haus der Familie Berghaus unter einem Bohlenfuß-boden.
Immer noch keine Erinnerung?
Und die Pistole kennen Sie natürlich auch nicht? Sehen Sie genau hin!"
Gero schiebt die Bilder noch weiter von sich und fragt:
„Was wollen Sie mir eigentlich anhängen? Ich habe Ihnen ja gesagt, dass ich von alledem nichts weiß. Also lassen Sie mich in Ruhe. Ich möchte jetzt zu meiner Arbeit zurück, wenn es sonst nichts mehr gibt."
„Wir unterbrechen mal für fünf Minuten",
erklärt Küster und verlässt mit Uli Stein das Verhörzimmer. Sofort telefoniert er mit der Spurensicherung und fragt nach der etwaigen Übereinstimmung der Fingerabdrücke auf der Makarov mit denen von Gero.

„Wir wollten Sie gerade anrufen. Eindeutige Übereinstimmung!",
meldet sich ein Mitarbeiter der Spurensicherung.
„Na, dann wird es ja heiter werden für den Knaben",
bemerkt Küster in einem triumphalen Ton und kurz danach betritt er wieder das Vernehmungszimmer.
„Und, kann ich jetzt gehen?",
fragt Gero ziemlich fordernd.
Jetzt übernimmt Uli die weitere Vernehmung.
„Herr Ebner, bis vor fünf Minuten waren Sie zu einer Befragung hier. Jetzt sind wir auf einer ganz anderen Ebene. Sie sind jetzt Beschuldigter in mindestens drei Mordfällen. Und dies hier ist keine formlose Befragung mehr, sondern eine förmliche Vernehmung."
Dann führt Uli die ausführliche Belehrung über seine Rechte durch. Gero hört aufmerksam zu und schweigt.
„Kennen Sie Jens Berghaus, beziehungsweise Sir Toby, wie er sich selbst nennt?"
„Natürlich, er ist ja unser Chief",
gibt Gero sofort zur Antwort.
„Dann kennen Sie sicherlich auch die Familie Berghaus und deren Haus und Garten in der Brenner Allee 37A."
„Ja, kenne ich auch."
„Und das halb zerfallene Gartenhaus kennen Sie demnach auch? Und waren auch schon darin?"
„Kann sein",

antwortet Gero in einem gelangweilten Ton.

Uli Stein legt ihm noch einmal die Bilder vor und sagt:

„Sehen Sie sich die Bilder noch einmal ganz genau an und antworten sie bitte wahrheitsgemäß. Falschaussagen kommen Sie teuer zu stehen und verschlechtern ihre Position sowieso. Also überlegen Sie gut, was Sie sagen."

Gero schiebt bewusst gelangweilt die Bilder auf dem Tisch hin und her und antwortet:

„Ich kenne all dies nicht, was Sie mir hier vorführen."

„Na gut",

antwortet Uli.

„Dann wollen wir Ihnen mal auf die Beine helfen. Es gibt mehrere Zeugen, die Sie wiederholt im Garten und besonders in dem Gartenhaus der Familie Berghaus gesehen haben. Und diese Grube, wie Sie das Versteck etwas plump beschreiben, ist Ihnen sehr wohl bekannt. Es handelt sich um den geheimen Drogenbunker Ihres Chiefs Toby. Und die Makarov PM, die wir in diesem Versteck gefunden haben, trägt Fingerabdrücke von Jens Berghaus und auch von Ihnen.

Und mit dieser Waffe wurden nachweislich im Jahre 2012 drei Menschen erschossen. Wir sehen nach Lage der Dinge zumindest eine Mitbeteiligung ihrerseits. Daher werden wir jetzt einen Haftbefehl für Sie beantragen. Ich denke, nun wird es sehr, sehr eng für Sie. Und besorgen Sie sich einen guten Anwalt."

Uli Stein erteilt einem der Beamten den Befehl:
„Festnehmen und in U-Haft!"
Küster lobt Ulis klare Vernehmungsmethode und zeigt
sich über ihre fehlende Emotionalität nach den üblen
Beleidigungen und Demütigungen vom letzten
Samstag überrascht.

\*

Schneiders Erscheinen in Taunusstein wird schon von
den Damen im Personalbüro erwartet. Ganz besonders von der Sekretärin des Personalchefs. Angelika
Fassbender, eine Mittzwanzigerin, die wie Schneider,
in ihrer Freizeit unzählige Kilometer zu Fuß und auf
dem Rad zurücklegt, kennt Schneider von gemeinsamen Wettkämpfen. Daher  hat sie einen besonderen
Bezug zu ihm. Jedoch ist das Verhältnis zwischen den
beiden so wenig erotisch, wie deren ausgezehrte und
wie Leder gegerbte Körper, die bei jedem Betrachter
eher ein Mitleid, als ein Begehren entlocken würden.
Man hat die Listen der Praktikanten schon parat
gelegt. Bei manchen existiert zusätzlich eine mehr oder
weniger umfangreiche Beurteilung über ihre Tätigkeit.
Angelika Fassbender hat bereits für ihn einen leeren
Schreibtisch organisiert, an dem er die Unterlagen erst

einmal grob sichten kann. Glücklicherweise sind es nur vierzehn Praktikanten in dem Zeitraum gewesen. Nach etwa einer halben Stunde hat er den ersten Treffer: Gero Ebner, Praktikant in der Produktion der Schraubenfabrik. Schneider legt die Akte über diesen Gero zur Seite und arbeitet sich weiter vor. Kurz danach wird er wieder fündig:

Jens Berghaus. Auch über ihn existiert eine Akte mit Beurteilungen. Er war Praktikant in der EDV.

Schneider, hoch erfreut über diesen Fund, möchte jetzt eigentlich Schluss machen.

Wäre aber in dem restlichen Stapel noch irgendeine Person von Relevanz und gerade diese hätte er nicht gefunden, dann würde ihn sein Chef rausschmeißen. Das war ihm klar. Also arbeitet er sich noch etwa eine ganze Stunde durch alle Akten restlos durch. Dann macht ihm die Sportskameradin je eine Kopie von den beiden aussortierten Akten und heftet sie ganz ordentlich zusammen.

Mit einem auffallend freundlichen Lächeln überreicht sie dann der anderen *Sehne* die Papiere mit den Worten:

„Es wäre doch schön, wenn wir uns mal bei einem Wettkampf wieder sehen würden. Was meinen Sie?"

Schneider, dessen Gedanken schon wieder in Wiesbaden beim LKA sind, hat nur Zeit für ein kurzes und wenig verbindliches

„Ja, warum nicht".

154

Dann bedankt er sich wie gewohnt umständlich und ziemlich geschraubt bei den Damen, die sich dabei das Lachen verkneifen müssen.

Voller Ungewissheit, wie sein Chef reagieren wird, jagt er mit seinem alten VW-Golf nach Wiesbaden.

\*

Als Schneider im LKA ankommt, wird er auch hier schon erwartet. Besonders Küster fiebert nach seinem Bericht. Im Büro angekommen, versucht er zunächst einmal bei Küster und Uli Stein guten Wind zu machen. Er beginnt sofort:

„Also Chef, Sie haben wie immer recht gehabt."

Küster, schon ein wenig verärgert über diese plumpe Schmeichelei, die hart an der Grenze zur Beleidigung platziert ist, fällt ihm ins Wort:

„Schluss jetzt, Schneider, mit dem dummen Gesülze. Kommen Sie zur Sache, aber in klaren und für jedermann verständlichen Worten!"

Schneider weiß jetzt, was die Stunde geschlagen hat, und beginnt in kurzen und sachlichen Sätzen zu berichten, was er in Taunusstein herausgefunden hat. Über die Zuordnung müsse man jetzt alle bisherigen Fakten zusammentragen und bewerten. Küster ist dieses Mal ganz zufrieden mit seinen Ausführungen.

Dann darf der KOK Schneider zu seiner geliebten Pinnwand. Hier kann er Namen und Zeichen ergänzen, sowie deren Zusammenhänge markieren. Küster hat vor der Pinnwand in einem der Sessel Platz genommen und schaut sich das Geschreibsel und die vielen Verbindungslinien des Oberkommissars an. Nach kurzer Zeit verschwinden wieder einmal abwechselnd verschiedene Finger in je einem Nasenloch. „Küster denkt mal wieder nach", sagt sich Uli, die schräg gegenüber Platz genommen hat und das sehr eigentümliche Schauspiel von Chef und seinem Oberkommissar Schneider verfolgt. Da Schneider das Vernehmungsprotokoll von Gero Ebner noch nicht kennt, hält er sich vorsichtshalber mal in der Bewertung seiner eigenen Nachforschungen zurück. Nachdem dann die übrigen Kollegen und auch zwei Leute der KTU am Besprechungstisch Platz genommen haben, gibt Uli Stein einen Bericht über den Stand der bisherigen Ermittlungen ab, aus dem hervorgeht, dass es drei Mordfälle gibt, die doch irgendwie miteinander in Verbindung stehen:

„Eine der Schlüsselfiguren scheint dieser Toby zu sein, der aber selbst zum Opfer wird. Eine andere wichtige Figur ist dieser Gero Ebner. Der Kerl lügt das Blaue vom Himmel, selbst dann noch, wenn man ihm Beweise vorlegt. Über diesen Typen brauchen wir noch mehr Hintergrundinformation. Seinen Werdegang und so detailliert wie nur möglich. Besonders wichtig erscheint mir zu erfahren, wieso dieser Gero und Toby ziemlich gleichzeitig ein Praktikum in der Schraubenfabrik ableisteten. Und Monate später werden der Besitzer und seine Frau mit der Waffe getötet, die wir im Versteck  dieses Toby gefunden haben. Und die Fingerabdrücke auf der Waffe stammen von beiden."

Dann meldet sich einer der KTU Beamten zu Wort: „Also, nach den Fingerabdrücken zu urteilen, hatten beide irgendwann einmal die Waffe in der Hand. Zum Teil sind die Abdrücke verwischt und überlagert, sodass wir nicht genau sagen können, wer von den beiden die Waffe eindeutig in Schussposition gehalten hat. Mehr geht wirklich nicht. Bedaure!"

Küster bedankt sich bei beiden Referenten und tritt vor die Pinnwand.

„Also müssen wir über ein starkes oder gar klares Motiv nachforschen, warum diese Morde wahrscheinlich von beiden begangen wurden.

Dieser Gero wird natürlich versuchen, diesem Toby alle Morde in die Schuhe zu schieben. Aber er wird dabei auch Fehler machen. Es gibt immer wieder Erkenntnisse, die nur der Täter und wir kennen. Und da müssen wir ihn fassen. Und immer noch völlig unerklärlich, warum dann einer der möglichen Täter auch ermordet wurde. Aber ich denke, Ende der Woche sind die Eltern des Ermordeten hierzu zu befragen, so wie die Klinik es uns mitgeteilt hat.

Schneider, Sie laden sich diesen Walstadt wieder vor!
Dieses Mal aber zu einer förmlichen Vernehmung.
Dem ist ebenfalls nicht zu trauen, der hat so eine
devote Art an sich, wenn er unter Druck gerät.
Ach übrigens, da war doch noch ein Dritter im
Bunde."
Küster blättert in seinen Unterlagen hin und her.
„Das war dieser Mirko Gruber",
unterbricht ihn Schneider.
„Kann ich was dazu sagen, Chef?"
„Sicher, schießen Sie los!",
gibt Küster zur Antwort.
„Dieser Gruber ist meines Erachtens kein so  unbe-
deutendes kleines Licht, wie uns dieser Walstadt
vormachen will. Bereits nach einigen Sätzen im
Gespräch mit ihm merkt man, dass neben seiner
Dummheit, die schon sehr weh tut, noch eine
fürchterliche Wichtigtuerei hinzukommt. Beides macht
den Kerl in der Tat schwer erträglich. Offenbar ist er
nur der Lakai dieses Toby gewesen. Nicht mehr als ein
niederer Laufbursche. Er gibt zwar an, er sei die rechte
Hand seines Chiefs. Aber alles nur dumme Angeberei.
Allerdings zeigt sein Auftritt im Lokal am Yachthafen
gegenüber der Polizei und speziell gegen Uli Stein
gerichtet, ein sehr hohes Maß an Aggressivität und
fehlender Kontrolle.
Walstadt hat in seiner ersten Vernehmung diese Ein-
schätzung bestätigt. Gefährlich und brutal sei er

schon, gab auch er ergänzend zu Protokoll. Nur gibt es keinerlei Hinweise, dass er irgendetwas mit der Waffe zu tun hat. Vielleicht hat er ja was mit dem Tod seines Chiefs zu tun. Könnte es nicht sein, dass der gedemütigte Lakai hier zum *Königsmörder* wurde? Den werden wir uns mal genauer vorknöpfen"

Küster verabschiedet sich, da er einen Termin beim LKA Rheinland-Pfalz in Mainz hat.

\*

In der Abteilung 4 des LKA in Mainz wird Küster schon von einem KHK und einer weiblichen KHK erwartet. Sie haben bereits die Akte des bisher ungelösten Mordes im Rhein-Nahe Gebiet, unweit von Stromberg, hervorgeholt.

Die Hauptkommissarin war zum damaligen Zeitpunkt die Hauptermittlerin. Sie berichtet, dass sie nie zuvor solch einen Mord, eine völlig sinnlose Hinrichtung, gesehen habe:

„Ein einfacher Mann. Ende vierzig. Verheiratet und Vater von drei Kindern. Ein Mensch aus einem kleinen Dorf, den jeder im Ort als einfachen, liebenswerten und hilfsbereiten Menschen kennt. Kein Stress mit den Nachbarn oder anderen Gemeindemitgliedern.

Kein Stress auf der Arbeit. Umso unerklärlicher ist dann diese Tat. Der Mann war dabei, sein Kaminholz zu schlagen, als ihn die tödlichen Schüsse trafen. Keine verwertbaren Spuren. Der Boden war hart gefroren, hatte aber keine Schneedecke, somit keine Fahrzeug und keine Fußspuren. Keine DNA. Der modus operandi, ein absolutes Rätsel auch heute noch."

Küster hört sich die Sache interessiert an. Dann berichtet er:

„Auch wir hatten in Taunusstein einige Monate später einen ebenso unerklärlichen Doppelmord an einem Ehepaar. Wie bei Ihnen, keine Spuren und absolut kein Motiv erkennbar. Jetzt haben wir die Tatwaffe, die eindeutig beiden Fällen zuzuordnen ist. Auf dieser Waffe haben wir Fingerabdrücke von zwei Tatverdächtigen. Der eine wurde vor etwa einer Woche ebenfalls ermordet. Mit einem Hammer erschlagen. Der andere streitet bisher alles ab. Er lügt das Blaue vom Himmel. Wir wüssten gerne mehr Details über den Tathergang und ob wir ihn damit in Verbindung bringen können. Wie kamen der oder die Täter überhaupt in diese Gegend, und was haben sie mit diesem Mann zu tun? Was gibt es denn in diesem Waldstück an interessanten oder geheimen Dingen, die einen Mord implizieren?"

Die Kommissarin Yasemin Can blättert in der Akte, bis sie einen größeren Lageplan findet. Küster sieht sich den Lageplan genau an. Dann deutet er auf eine Markierung und sagt:

„Das hier ist doch ein Steinbruch oder nicht? Wird der noch genutzt? Und gibt es da irgendetwas zu holen, vielleicht Dynamit?"

Yasemin sieht sich die Karte jetzt auch genauer an.

„Ja, Sie haben Recht. Das ist ein alter Steinbruch, aber der ist seit mehr als dreißig Jahren nicht mehr in Betrieb und er liegt mehr als zweihundert Meter von der Leichenfindung entfernt. Der Leichnam wurde nicht bewegt, sagt die *Spusi*. Fundort ist Tatort."

„Nochmal zum Steinbruch. Ich glaube, dass dieser Steinbruch kein Zufall ist. Gibt es irgendwelche Fakten hierüber?",

fragt Küster erneut. Die Kommissarin geht zum großen Aktenschrank und holt einen umfangreichen Ordner hervor. Dann blättert sie wie wild darin hin und her. Nach ein paar Minuten hat sie gefunden, was sie sucht.

„Ich wusste es doch, dass da irgendetwas mit dem Steinbruch war. Es war in den ersten Monaten als ich hierher versetzt wurde. Das war 2007. Da existierte eine *Wehrsportgruppe-Untere Nahe*. Das war schon eine extrem gefährliche rechtsradikale Gruppe. Ihr Anführer war ein gewisser Rudolf Kutscher. Und diese Gruppe führte Schießübungen mit scharfer Munition in diesem Steinbruch durch. Der Verfassungsschutz hat diese Organisation ausgehoben und verboten.

Einige davon gingen sogar in den Knast. Unerlaubter Waffenbesitz. Allgemeine Gefährdung durch den Schusswaffengebrauch. Widerstand gegen Vollstreckungsbeamte und noch einiges mehr. Ein schönes Grüppchen."

Küster hat eine Ahnung. Er traut sich beinahe nicht zu fragen, denn er spürt, hier ist er auf einer interessanten Fährte:

„Liebe Frau Can, wenn Sie jetzt auch noch eine Namensliste der Mitglieder dieser Wehrsportgruppe hätten…!"

Yasemin reicht ihm wortlos eine Liste mit 17 Namen. Küster traut seinen Augen nicht. An vierter Stelle findet er den Namen Gero Ebner. Dahinter: Keine Strafverfolgung.

Umzug nach Wiesbaden 2008.

Ansonsten sind Küster alle anderen Mitglieder dieser Wehrsportgruppe unbekannt.

„Hier liegt also die Verbindung. Gero kennt diesen ganz abgelegenen Steinbruch als guten Pistolen-Übungsschießplatz. Hier haben sie oder er alleine geübt. Zuerst auf Flaschen und danach auf Menschen! So muss es gewesen sein! Ich würde gerne die Spusi in diesen Steinbruch schicken. Vielleicht findet sie noch etwas. Und wenn es nur eine Hülse oder ein Projektil der Makarov ist. Ich weiß, das ist wie die Suche nach der Nadel im Heuhaufen. Aber wenn wir so etwas wie einen *Schießstand* finden, wird die Sache überschaubarer. Jetzt wissen wir wenigstens konkret, nach was wir suchen."

Yasemin hat aufmerksam zugehört. Dann greift sie zum Telefon. Am anderen Ende meldet sich ein Mitarbeiter der Spurensicherung.

Nachdem sich Küster bedankt hat, schlendert er leicht beschwingt in eines der Straßencafés und freut sich auf ein kühles Weizenbier. Er greift zu seinem Handy. Am anderen Ende meldet sich Uli Stein.

„Uli, es gibt wichtige Neuigkeiten!",
beginnt Küster das Telefonat.

*

Der Morgen beginnt mit einer trüben Schwüle, wie man sie oft in den Sommermonaten hier erlebt. Kein Wind, der diesen stehenden schweren Dunst über den Taunus treibt. Kein klärender Regen. Die Sonne kann diesen Dunst kaum durchfluten. Nur die Martinshörner der Notarzt- und Rettungswagen durchdringen an solchen Tagen häufiger als sonst diese bleierne Schwere. In ihren stählernen Bäuchen, in Schweiß gebadet die noch ungeborenen oder schon erlebten Infarkte. So plagen sich die weißen Kastenwagen mit Blaulicht und Martinshorn durch heiße Blech und Menschenlawinen.

Schneider registriert all diese Aktivitäten jetzt ganz besonders. Die Aktion auf dem Fahrrad in der Hitze hat ihn doch vorsichtiger werden lassen. Er sieht die vielen *Kesselheims, Augustins* und ihre rothaarigen *Martinas* mit Lockenköpfen vor sich.

In ihrer roten und weißen Signalkleidung sind sie oft Vorboten größeren Unheils. Andererseits vermitteln sie dann auch wieder eine beruhigende Sicherheit. Von alledem will er jetzt nichts hören und sehen, obwohl ihm diese hübsche Rettungsassistentin Martina nicht mehr aus dem Kopf gehen will.

Als Schneider im Präsidium ankommt, ist er erstaunt, dass Andreas Walstadt in Begleitung einer Frau um die vierzig, ihn schon erwartet. Die Frau ist elegant gekleidet und trägt eine kleine Aktentasche unter dem linken Arm.

„Na klar doch, seine Anwältin",

denkt Scheider sofort. Er hat dafür schon einen geübten Blick. Und er hat auch Recht. Nach der freundlichen Begrüßung bittet der KOK beide ins Besprechungszimmer. Nachdem er die notwendige und ausführliche Belehrung über Rechte und Pflichten ausgesprochen hat, beginnt er mit der Vernehmung. Walstadt zählt nahezu exakt all die Fakten auf, die er schon bei der ersten Befragung dargelegt hatte.

Der Oberkommissar gibt keine der neuen Erkenntnisse, auch nicht andeutungsweise, preis. Die Anwältin hat als einzigen Beitrag ihr

„Sie müssen sich nicht selbst belasten" geleistet. Offenbar ihr Standardspruch.

Etwa zehn Minuten später liest Schneider dem jungen Walstadt seine Aussage vor, die mittlerweile von einer der Sekretärinnen getippt wurde. Walstadt und die Anwältin nicken kurz. Dann unterschreibt er das Protokoll und beide verlassen ohne ein Wort das Präsidium. Uli Stein ist schon seit Stunden dabei, eine neue Verhörstrategie für Gero Ebner zu entwickeln. Heute wollen sie zu dritt die förmliche Vernehmung durchziehen. Küster möchte aber noch das Ergebnis der Spurensicherung aus dem Steinbruch abwarten. Also wird die Vernehmung zunächst auf den späten Nachmittag oder sogar auf den kommenden Tag verlegt.

Erst gegen 16 Uhr erhält er einen Anruf von Yasemin Can vom LKA aus Mainz, in dem sie ihm mitteilt, dass man in der Tat einen provisorischen Schießstand in diesem besagten Steinbruch gefunden habe. Und nach intensiver Suche habe man da auch Patronenhülsen unterschiedlichen Kalibers gefunden, darunter auch vier Stück 9 x 18 mm, wie man sie bei einer Makarov findet. Die wenigen Projektile, die man gefunden hat, waren aber so stark deformiert, sodass eine Zuordnung schwierig sein wird. Die Asservate seien schon per Kurier im BKA.

Küsters Stimmung wird immer besser, denn er weiß jetzt, dass er auf der richtigen Spur ist. Und wenn die beiden in der Klinik wieder zu befragen sind, dann scheint auch schnell das Problem mit dem jungen Berghaus gelöst zu sein. Bei den vielen Fakten muss jetzt nur noch das Puzzle richtig zusammengesetzt werden.

Man vereinbart für den nächsten Morgen eine Besprechung um 8 Uhr 30.

\*

Küster erscheint als erster. Er legt einen Ordner auf den Tisch, daneben einen kleinen Stapel loser Blätter. Es sind Faxe, Fotokopien und Notizblätter.

Es ist eine Eigenheit von ihm, diese Dinge erst dann abzuheften, wenn er sich über die Bedeutung der Fakten und deren Zusammenhänge klar ist. Die Unterlagen sollen sich lesen wie ein Buch, so sagt er jedenfalls oft genug.

Schneider und Uli Stein treffen gemeinsam ein. Jeder hat nur einen Notizblock. Uli zusätzlich ein Tablet.

Küster beginnt mit seinen Ausführungen. Er hat umfangreiches Material über Gero Ebner  aus Mainz erhalten, ergänzend dazu die Recherchen des eigenen Kommissariats.

„Wir haben jetzt ein umfassendes Bild von diesem Gero. Quasi von Geburt an bis jetzt. Ich erwarte jeden Moment noch einen Bericht vom BKA über die

Hülsenfunde aus dem Steinbruch bei Stromberg."
Dann legt Küster alle Fakten chronologisch geordnet
auf den Tisch. Nach etwa zwei Stunden ist die Ver-
nehmungs-Strategie festgelegt. Man wird sich um 14
Uhr wieder zur Vernehmung von Gero treffen.
„Die Staatsanwaltschaft hat auch schon ihr Interesse
bekundet",
fügt Küster hinzu. Da es ihm zu lange dauert, bis er
Nachricht vom BKA erhält, ruft er jetzt selbst dort an.
An seinem Gesichtsausdruck erkennt man schon, dass
er eine gute Nachricht erhalten hat.
Die Patronenhülsen aus dem Steinbruch gehören zu
der Munition, die in der Makarov PM abgefeuert
wurden, wird ihm mitgeteilt.


Ziemlich  genau gegen 14 Uhr treffen sich die drei
Kommissare und der Staatsanwalt Schmiedbach vor
dem Besprechungsraum. Wenige Minuten später wird
Gero Ebner in Begleitung eines Polizeibeamten
vorgeführt.
Nachdem alle am Tisch Platz genommen haben,
beginnt der Staatsanwalt seine Ansprache.
Er erklärt Gero, dass er jetzt als Beschuldigter in
mindestens drei Mordfällen vernommen wird. Zudem
klärt er ihn ausdrücklich über seine Rechte auf.
Auf die Frage nach einem Rechtsanwalt, gibt er betont
lässig zur Antwort:
„Wozu denn? Ich habe nichts verbrochen."

Dann beginnt Küster mit seinen Ausführungen:
„Sie sind Gerold Stefan Ebner, auch Gero genannt.
Geboren am 12.10.1989 im Krankenhaus in Simmern.
Aufgewachsen sind Sie in Stromberg. Sie sind Einzel-
kind. Ihr Vater hat die Familie verlassen, als sie zwölf
Jahre alt waren. Kurz danach hatten sie erste Kontakte
mit dem Jugendamt. Das waren, nennen wir es mal,
Aufmüpfigkeiten. In der Schule haben Sie keine
großen Erfolge nachzuweisen gehabt. Die Realschule
haben Sie ohne Abschluss abgebrochen. Eine Lehre
als Zimmermann haben Sie auch nach einem Jahr
vorzeitig beendet."
„Das war doch alles nur wegen der Scheiß Mathe-
matik, diese blöden Winkelfunktionen. Dabei hatte
ich handwerklich wirklich was drauf. Das haben die
anderen jedenfalls gesagt",
unterbricht er Küster.
„Ansonsten haben Sie dann nur Gelegenheitsjobs
gehabt. Nun zu der *Wehrsportgruppe Untere-Nahe*.
Chef war ein gewisser Rudolf Kutscher, den Sie
vielleicht demnächst in  der JVA Wittlich als Zellen-
nachbar besuchen können.
Auf der Mitgliederliste dieses, nennen wir ihn mal
Verein, findet man an vierter Stelle ihren Namen.
Sie haben unerlaubt in einem abgelegenen und
geschlossenen Steinbruch bei Stromberg mehrfach
gefährliche Schießübungen abgehalten. Für fast keine

der Waffen lagen Besitzkarten vor. Alles illegale und nicht registrierte Waffen. Was sagen Sie dazu?"

Gero schweigt und sieht demonstrativ mit einem aufgesetzten *Langeweile-Blick* zur Decke. Bei Schneider kommt jetzt langsam Wut hoch.

Uli Stein beherrscht ebenso diesen typischen *Langeweile-Blick*, und sie sucht den Blickkontakt mit Ebner.

Als Gero diesen Blick nur einen Moment wahrnimmt, hat er sich nicht mehr unter Kontrolle.

„Was glaubt diese Schlampe denn, wer sie ist? Die glaubt wohl, sie sei etwas Besseres!",

schreit er. Uli hat ihn seiner sicher geglaubten Arroganz beraubt.

„Er ist jetzt schwer verwundet und wird Fehler machen",

sagt sie sich. Den drei anderen am Tisch ist dieser Wutausbruch völlig unerklärlich, da sie von Uli Stein noch keinen Ton gehört haben. Doch Küster erkennt sofort seine Chance. Jetzt kann er diesen arroganten Kleinganoven wahrscheinlich als Mörder überführen.

„Erstens. Für die Beleidigung der Frau Oberkommissarin erhalten Sie zusätzlich eine Strafe. Das geht so nicht weiter! Haben Sie das verstanden! Zweitens. Ich lege Ihnen jetzt zum wiederholten Mal Fotos der Makarov PM vor, von der Sie behaupten, die Pistole nicht zu kennen. Schauen Sie sich beide Bilder genau an, bevor Sie antworten."

Gero wird jetzt sichtlich nervös. Die Arroganz von vorhin wird von einer erkennbaren Unsicherheit abgelöst. Küster denkt einen Moment lang nach. Die Spitze seines linken Zeigefingers berührt nur kurz die Nasenspitze.

„Gott sei Dank!",

sagt sich Uli,

„denn Staatsanwalt Schmiedbach ist nicht nur ein Schöngeist, sondern auch einer von der Sorte, die ihren Pudding mit Messer und Gabel essen. Wer weiß, wie der reagiert, wenn Küster längere Zeit hätte nachdenken müssen. Er kennt ja nicht Küsters Pfade der Inspiration, die ihre Wege über die Nase nehmen."
Nach längerem hin- und herdrehen der Fotos, kommt eine leise, mehr stammelnde Antwort:
„Ich glaube, dass dies hier meine Dienstwaffe ist. Ich erkenne sie an dem kleinen Ausbruch links oben an dem Plastikteil des Griffs."
Küster sichtlich erregt:
„Was sagen Sie da? Ihre Dienstwaffe! Wo um Himmels Willen sind Sie denn in Diensten? Und wo ist Ihre Berechtigung für das Tragen einer Waffe? Das müssen Sie uns doch einmal erklären!"
„Aber sicher, Herr Kommissar!"
Jetzt wird Gero wieder etwas überheblich. Dann kramt er sein Portemonnaie hervor, und unter verschieden Karten holt er ein Plastikkärtchen hervor und legt es auf den Tisch. Ein mehrfarbiges, mit halbnackten

Frauen verziertes Kärtchen. In schwarzer Schrift, diagonal über der Karte verlaufend, steht „Security". Am unteren Rand die Adresse *Club Annabelle* mit Telefon- und Faxnummer. Schneider greift sofort nach diesem mysteriösen Objekt und dreht es mehrfach im Licht hin und her. Dann ergreift er das Wort: „Was soll das denn sein? Ein Scherzartikel? Für wie blöd halten Sie uns denn? Das ist, wollen wir es mal noch wohlwollend bezeichnen, eine Visitenkarte eines ziemlich miesen Etablissements im Frankfurter Rotlicht-Milieu. Und das Wort Security hat einer oder Sie selbst darauf geklebt. Ziemlich stümperhaft, nebenbei gesagt."

„Aber das ist mein Dienstausweis. Ich bin dort öfter als Türsteher tätig und habe auch eine Jacke mit dieser Aufschrift. Sie müssen wissen, ich bin gerne unter Menschen und helfe, wo ich kann",

antwortet er jetzt in einem Tonfall, der wieder etwas von seiner Arroganz aufkommen lässt.

„Ja,ja, hilfsbereiter Mensch!",

wirft Schneider ein,

„Letzten Samstag am Yachthafen, das war wohl das Gesellenstück, das ihr da abgeliefert habt."

Uli Stein blickt jetzt angespannt auf Gero, und als sie wahrnimmt, dass sich ihre Blicke kreuzen, spitzt sie kurz den Mund, wie zu einem Kuss. Dem folgt sofort ein schadenfrohes Lächeln. Auch diese sehr gekonnte, höchst wirksame Kommunikation, die Uli mit dem

Gegenüber vollzieht, ist so kurz, dass sie den anderen drei verborgen bleibt. Gero holt wieder tief Luft und will gerade ausholen, um erneut eine Gemeinheit gegen Uli loszuwerden, als Küster dazwischenfährt:

„Ich warne Sie! Werden Sie nicht noch einmal laut und beleidigend! Aber noch einmal zur Waffe.

Woher haben Sie Ihre sogenannte Dienstwaffe?

Von Ihrem Arbeitgeber? Dieser Spelunke da! Das werden wir ja schnell überprüfen."

Dabei zeigt Küster auf den lächerlichen *Dienstausweis* auf dem Tisch.

Jetzt verfällt Gero wieder in Unsicherheit:

„Mit der *Wumme* ist das so eine Geschichte. Die Kneipe, wo ich als Türsteher arbeite, ist eigentlich kein richtiger Puff, wenn Sie verstehen, was ich meine. Da ist immer sehr viel schräges Publikum. Viele der Asozialen haben zwar was in der Hose, aber nichts im *Krötensack*. Und da sind so ein Dienstausweis und eine *Wumme* schon ganz schön wuchtig."

Küster unterbricht:

„Nun gut, es handelt sich also hier, wie Sie zugeben, um Ihre Waffe. Und mit dieser Waffe wurden nachweislich drei Menschen ermordet. Kaltblütig und völlig wehrlos erschossen. Warum, frage ich Sie?"

„Ich habe mit dem Ding nie geschossen. Ich habe es nur gebraucht, *um zu zeigen*! Sie wissen, was ich meine. Na ja, wenn dann die Kerle nicht so die Kohle haben oder wenn die unsere Mädels schlecht behandeln wollen. Da nehmen wir euch schon Arbeit ab!", antwortet Gero jetzt wieder in einem sicheren Ton. Küster weiß, dass er hier einen gewaltigen Brocken vor sich hat. Ihm darf jetzt kein Fehler unterlaufen.

„Was meinen Sie denn, wer mit der Waffe geschossen hat, wenn nicht Sie?"

„Vielleicht Toby, dieser Idiot. Der wollte die Pistole doch unbedingt haben",

gibt Gero sofort zur Antwort.

Küster merkt, wie er seinen Kopf aus der Schlinge ziehen will.

„Na gut, nehmen wir mal an, ihr Freund Toby hat die Waffe. Er kann damit aber nicht umgehen. Zu Hause im Garten kann er damit schlecht herumballern. Also weiß ein gewisser Gero, wo so ein illegaler Schießstand zu finden ist. Ziemlich weit abgelegen. Kein Mensch, kein Haus. Ein alter Steinbruch, der nicht mehr in Betrieb ist. Mittlerweile schwer zu finden, da der Wald sich dort wieder ausbreitet.

Toby kann dort allein nicht hin. Er ist ein Stadtmensch. Der verläuft sich doch bereits nach einer Stunde total im Kurpark. Also sind Sie es, der den Weg dorthin kennt. Es war ja auch Ihr eigener Übungsplatz der *Wehrsportgruppe Untere-Nahe.* Hier haben Sie Schießübungen mit der Makarov PM durchgeführt. Wir haben Hülsen gesichert, die der Waffe eindeutig zuzuordnen sind. Und mit dieser

Pistole wurde dann der Waldarbeiter getötet. Toby allein konnte nicht da gewesen sein. Sie sind der, der sich dort gut auskennt. Und Sie sind zumindest beteiligt an dem Mord dieses völlig wehrlosen Mannes, unweit des Steinbruchs. Sie müssen uns jetzt schon ein wasserdichtes Alibi für diesen 26. Februar 2012 geben!"

Gero schweigt. Staatsanwalt Schmiedbach will gerade zu einer Bemerkung ansetzen, da kommt ihm Gero zuvor:

„Ich weiß nicht, was Sie mir da in die Schuhe schieben wollen, aber ich habe niemanden erschossen!
Das sage ich auch unter Eid aus!"

„Vorsicht, der Herr! Auf Meineid steht auch eine schöne Strafe",

wirft Schneider dazwischen. Küster übernimmt jetzt wieder in einem ruhigen Ton die weitere Vernehmung.

„Herr Ebner, ich denke, Sie sollten sich bei dieser drückenden Beweislast doch endlich darum bemühen, die Sache aufzuklären. Nun wäre es doch wirklich Zeit für ein Geständnis. Wir müssen davon ausgehen, dass Sie den Mann im Soonwald erschossen haben. Vielleicht waren Sie ja ganz alleine dort und haben Schießübungen gemacht. Toby können wir nicht mehr befragen. Den hat auch jemand auf dem Gewissen. Einer der auch gut  mit einem Zimmermannshammer umgehen kann!"

Gero beginnt zu schwitzen, und er trocknet unentwegt seine Hände an der Hose.

„Ich denke doch, dass ich einen Rechtsanwalt möchte",

sagt er und schweigt. Die Arme hat er demonstrativ vor seiner Brust verschränkt. Damit will er sein Schweigen richtig untermauern.

„Nun gut, das ist ihr gutes Recht. Wir werden die Vernehmung morgen früh, sagen wir 10 Uhr an gleicher Stelle, fortführen. Bis dann hat Ihr Anwalt auch genügend Zeit, sich zu informieren. Sie bleiben vorerst in U-Haft!"

Damit beendet Staatsanwalt Schmiedbach die Vernehmung doch recht zügig. Nachdem Gero in Begleitung eines Beamten das Zimmer verlassen hat, wird Schneider laut und ungehalten zum Staatsanwalt:

„Wie können Sie jetzt die Vernehmung beenden? Wir hatten ihn gleich so weit. Noch etwas mehr Druck und er hätte alles gestanden. Jetzt kommt er mit so einem Winkeladvokaten und weiß wieder von alledem nichts. Na, vielen Dank!"

Dann knallt er die Akte auf den Tisch und geht irgendetwas Unverständliches fluchend, aus dem Zimmer.

Schmiedbach hat dieser Auftritt Schneiders zwar nicht belustigt, aber auch nicht gestört. In ruhigem Ton sagt er zu den beiden anderen:

„Sie haben doch auch an seiner Körpersprache gesehen, dass dieser Mensch kein Wort mehr ohne seinen Anwalt herausrückt. Manchmal geht so etwas mit Anwalt besser. Der ebnet dann sanfter die Wege zur Wahrheit und versucht eher eine Schadensbegrenzung, als einen totalen Untergang."

Küster und Uli nicken respektvoll.

Wieviel Überzeugung in der Nickbewegung der beiden ist, lässt sich schwerlich ablesen.

\*

In der Klinik ist der reanimierte Winfried Berghaus jetzt nach mehreren Tagen im künstlichen Koma wieder vollkommen klar und geordnet. Verständlicherweise fehlen ihm doch einige Tage und Stunden in seinem Gedächtnis. Um seine wiedererlangte Stabilität nicht aufs Spiel zu setzen, entschließen sich die behandelnden Ärzte, die Begebenheiten in seinem Haus, die sich vor seinem Infarkt abgespielt haben, vorerst nicht mit ihm zu besprechen.

Man will warten, bis er spontan über diese Ereignisse redet. An eine Befragung durch die Polizei will man vorerst auch noch nicht denken.

Seine Frau Ute schwebt nicht mehr in diesem schweren psychogenen Ausnahmezustand. Aber ihre Selbstgespräche sind noch ziemlich zusammenhanglos und für Außenstehende sowieso nicht verständlich. Auch hier wird eine Befragung durch die Polizei keinen Erfolg haben. Am kommenden Morgen fragt sie erstmals nach ihrem Mann. Erst wesentlich später kommt eine zögerliche Frage nach dem Sohn. Offenbar hat sie eine recht genaue Erinnerung an den Ablauf im Haus, an jenem Freitagmorgen. Bei der Morgenvisite bittet sie um ein Vieraugengespräch mit dem Oberarzt.

Dr. Axel Schröder, der die Patientin ja schon seit ihrer Einlieferung kennt und sich intensiv mit ihr beschäftigt hat, stimmt mit ihr einen Termin um 16 Uhr ab. Ute Berghaus fühlt sich bei der vollbärtigen Riesengestalt geborgen. Dabei hat Axel, wie er von Schwestern, Pflegern und Assistenzärzten eher liebevoll genannt wird, noch nicht einmal den Anflug des Oberarztes nach außen getragen. Er vermittelt eine angenehm, natürliche Autorität, dieser 42jährige Neurologe, mit seinem unverwechselbaren fränkischen Akzent. Auf diesen ist der Erlanger stolz. Der gehört zu ihm wie sein riesiger Rauschebart. Damit wäre auch schon alles an Stolz dieses liebenswürdigen Franken beschrieben. Was ihm noch fehlt, ist etwas Charme, weswegen bisher noch keine Frau so richtig anbeißen will. Böse Zungen behaupten, er sei ja gerade deswegen nach Wiesbaden gezogen, um den gewissen

Charme zu entdecken. Erlangen, na gut, sehr viel und sehr gute Wissenschaft, aber letztendlich doch nur Provinz, spotten hin und wieder die Kurstädter. Wahrscheinlich liegt die Wahrheit, wie so oft, wieder einmal in der Mitte.

Kurz vor 16 Uhr findet sich Ute Berghaus vor dem Sprechzimmer von Dr. Axel Schröder ein. Er hat die Tür schon etwas offenstehen lassen, damit er ihr Kommen hören kann. Die Tür ist ansonsten im geschlossenen Zustand so stark schallisoliert, dass kein Ton nach außen oder innen dringen kann. Schröder bittet sie, in einem Sessel Platz zu nehmen. Er setzt sich nicht an den Schreibtisch, wie es üblicherweise die meisten Ärzte tun, sondern nimmt in einem Sessel schräg gegenüber Platz. Obwohl er keinen Arztkittel trägt, vermittelt er auch so das untrügliche Erscheinungsbild eines Arztes.

Schröder beginnt das Gespräch mit einer einfachen Frage:

„Nun, liebe Frau Berghaus, wir kennen uns jetzt schon einige Tage. Aber ich denke, Sie wollen jetzt sicher etwas ganz Persönliches mit mir bereden."

Ute Berghaus schweigt zunächst. Nach ein paar Minuten beginnt sie dann:

„Ich glaube, ich bin an allem schuld. Meinen Sohn habe ich total verwöhnt, behandelt wie einen Prinzen. Ihm alle Probleme aus dem Weg geräumt.

Ihn gegen seinen Vater erzogen. Und meinen Mann habe ich dabei als Ehepartner verloren. Er sucht seit Jahren sein Glück vorwiegend bei anderen Frauen. Finanziell ging es uns vor Jahren sehr gut. Jetzt ist unser Erspartes weg. Ich weiß nicht einmal wohin. Der Junge und mein Mann haben uns ruiniert.

Was sage ich uns(!).

Die haben mich ruiniert.

Und was dann an diesem Morgen im Haus vorgefallen ist, das ist so unbeschreiblich!"

Dann beginnt sie zu weinen und nach etwa zehn Minuten bittet sie, das Gespräch zu beenden, denn mehr könne sie jetzt nicht ertragen. Schröder hat kein Problem mit solchen Situationen und verabschiedet sie mit den Worten:

„Wann immer Sie das Bedürfnis haben mit mir zu reden, ich bin für Sie da!"

Auf ihrem Weg zurück zur Station macht sie einen Umweg über die internistische Intensivstation, um nach ihrem Mann zu schauen, den sie seit diesem Freitagmorgen nicht mehr gesehen hat. Dort erfährt sie, dass er bereits auf eine normale Station verlegt worden sei. Station 44 Zimmer 8. Ein schönes Einzelzimmer, wie man ihr versichert. Nach einer umständlichen Suche in dem Riesenkomplex findet sie endlich das Zimmer. Als sie den Raum betritt, erschrickt sie.

„Die Person, die da im Bett liegt, ist nicht mein Winfried!", sagt sie sich. Denn in der Tat hat er sich innerhalb einer Woche derart verändert, dass selbst seine Frau zunächst Probleme hat, ihn wieder zu erkennen.

Anstatt eines 1,80 m großen und 95 Kg schweren Mannes mit kurzem braunem Haar, sieht sie einen fast abgemagerten, dünnen Körper, jetzt mit einem deutlich ergrauten Haaransatz. Grauen Bartstoppeln. Die Augen eingefallen und weißgrauer Gesichtsfarbe. An vielen Stellen des Körpers flächenhafte Blutergüsse.

„Ein jämmerliches Bild!",

denkt Ute Berghaus. Sie begreift langsam, was dieser Mann mitgemacht hat. Seine 57 Jahre sind jetzt nur noch kalendarisch. Biologisch ist er bereits bei der Gruppe der 77jährigen angekommen. Nachdem die beiden sich eine Zeit lang angeschaut haben, beginnen sie zu weinen. Ute setzt sich zu ihm ans Bett und fasst seine Hand. Er drückt ihr ebenfalls die Hand. Und nahezu gleichzeitig sagen beide:

„Wie geht es Dir?"

Dabei müssen sie etwas schmunzeln. Alles ist noch sehr verkrampft und merkwürdig unnahbar.

Dem scharfsinnigen Betrachter der Szene wäre es nicht in den Sinn gekommen, dass sich hier ein Ehepaar begegnet. Zuviel Raum zwischen beiden. Zu viel Fremdheit. Zu wenig Liebe. Ein Zustand tiefer Zerrissenheit.

So sitzen beide minutenlang schweigend und regungslos beieinander, schauen sich mit feuchten Augen
an. Dann beginnt Ute:

„Ich weiß, ich bin an allem schuld. Verzeih mir!“
Mehr bringt sie nicht heraus. Ihr Weinen kann sie
nicht mehr kontrollieren.

Berghaus schluchzt ebenfalls und sagt mit ganz
schwacher Stimme:

„Wir haben beide Schuld! Aber auch der Junge!“
Dann muss Berghaus pausieren. Selbst die wenigen
Worte strengen ihn zu sehr an.

„So kann und will ich nicht mehr leben. Warum bloß
hat man mich wiederbelebt?“

Ute sitzt noch eine Zeitlang schweigend bei ihm, auch
noch, nachdem die Nachtschwester ihre Runde
gemacht hat.

Durchs Fenster fällt jetzt das warme Licht der unter-
gehenden Sonne. Ein Licht, das Berghaus schon
einmal sah. Es war damals begleitet von einer
wohligen Wärme, mit wunderbarer Musik. Es war ein
Zustand, den er nie mehr verlassen wollte.

Jetzt spürt er so intensiv den ganzen Körper seiner
Frau auf sich, wie er ihn seit Jahren nicht mehr kennt.
Eine unendliche Umarmung…

\*

Schon kurz nach 8 Uhr betritt die Rechtsanwältin Frau Dr. Blomberg-Kohl das Präsidium. Man weist ihr ein Besprechungszimmer zu, in dem sie Einsicht in die Ermittlungsakten nehmen kann und in dem sie ungestört ein Vieraugengespräch mit Gero Ebner führen kann. Gegen 10 Uhr erscheinen dann beide im Vernehmungszimmer, wo schon der Staatsanwalt Schmiedbach, KHK Küster, KOK Uli Stein und KOK Schneider warten.

Frau Dr. Blomberg-Kohl muss sich nicht vorstellen, denn sie ist allen vieren sehr wohl bekannt. Man hält sich nicht lange mit zuvorkommenden Begrüßungen auf.

Die Rechtsanwältin legt den Mandatsauftrag vor. Typisch für sie ist ihre anfängliche Schweigsamkeit, so auch heute. Schmiedbach, der am gestrigen Abend noch einmal intensiv die gesamte Ermittlungsakte durchgearbeitet hat, beginnt mit einem Vorstoß, welchen Gero schon gleich tief in der Magengrube trifft.

„Wie ich Sie kenne, Frau Dr. Blomberg-Kohl, haben Sie sich bereits gut informiert und sich demnach auch schon einen Plan zurechtgelegt. Wir haben derart drückende Beweise, dass ihr Mandant an der Ermordung des Waldarbeiters im Februar 2102 in der Nähe von Stromberg zumindest beteiligt war, wenn er ihn nicht sogar selbst ausgeführt hat. Kann er uns für diesen Tag ein sicheres Alibi geben? Wenn nicht, wird er wegen Mordes angeklagt werden. Hinzu kommt noch ein Doppelmord mit seiner Waffe, den er ebenfalls abstreitet. Da seine Waffe bei Jens Berghaus in dessen Versteck gefunden wurde, ist es natürlich bequem, einem Toten die Taten unterzuschieben. Und wer hat diesen Toby getötet? Mit ihm hat Ihr Mandant in den letzten Monaten öfter schweren Streit gehabt. Darüber gibt es ja auch die Aussagen eines anderen Verdächtigen, Herrn Walstadt. Also wäre es sicherlich angebracht, wenn hier einmal die Wahrheit auf den Tisch käme.

Ich denke da mal an ein umfassendes Geständnis!"

Frau Dr. Blomberg-Kohl sitzt regungslos da. Dann fährt sie sich sanft durch ihr schulterlanges blondes Haar und beginnt in einem akzentfreien, geschliffenen Hochdeutsch:

„Mein lieber Herr Kollege Schmiedbach. Ich verstehe ja Ihren unbändigen Wunsch nach einem Geständnis meines Mandanten. Da muss ich Sie bitter enttäuschen. Er kann nicht gestehen, was er nicht begangen hat. Sie gehen bei dem Mordfall im Soonwald davon aus, dass mein Mandant sich dort aufgehalten hat, weil er ortskundig ist. Aber der andere, Herr Berghaus, kann ja auch zu einem späteren Zeitpunkt allein dort gewesen sein."

Jetzt muss Küster unterbrechen.

„Sehr geehrte Frau Dr., jetzt machen Sie mal halblang. Ich war selbst vor Ort. Und glauben Sie mir, ein zweites Mal komme ich dort ohne einen ortskundigen Führer weder hin, geschweige denn wieder heraus. Und dieser Toby, ein typischer Stadtmensch, der sich selbst im Kurpark verirrt, fährt allein dorthin und vollführt Schießübungen. Und nachher erschießt er so ganz beiläufig noch einen Mann, der auch noch ganz zufällig aus dem Nachbarort Ihres Mandanten stammt. Glauben Sie diesen Schmarren wirklich selbst, den Sie uns hier auftischen wollen?"

Frau Dr. Blomberg-Kohl beugt sich zu ihrem Mandanten und flüstert ihm hinter der vorgehaltenen Hand etwas zu.

„Am besten, ich beginne mal von vorne."

Die Rechtsanwältin nickt ihm zwei, dreimal zu, was den Verdacht einer abgesprochenen Strategie nahe legt. Kooperation zeigen heißt jetzt die Devise.

„Der Scheiß mit der Wehrsportgruppe ging ja voll in die Hose. Das wissen Sie ja. Als mir die *Türkisch-Frau* vom LKA in Mainz schweren Stress gemacht hat, hab ich mir gesagt: „Fährst auf die andere Rheinseite nach Hessen, da kann sie mich mal."

Also kam ich nach Wiesbaden. Null Job. Null Kohle. Nur ab und zu etwas Gelegenheitsjobs. Irgendwann einmal hab ich in einer *Muckibude* einen Typen getroffen, der hat mir dann gesagt, dass sie so einen Baum wie mich noch an der Eingangstür zu ihrer

Kneipe bräuchten. So kam ich dann zu diesem Billig-Puff. Damals habe ich auch zum ersten Mal den Vater von Toby gesehen. Der geht regelmäßig zweimal die Woche in diesen Edel-Puff schräg gegenüber, wo nur die *Schlitzaugen* sind. Am Anfang habe ich ihn ja nicht gekannt. Irgendwann 2010 bekam ich dann einen Praktikumsplatz in einer Schraubenfabrik in Taunusstein. In der Produktion. Das war nichts für mich. Ich bin ein Waldmensch. Dort war ich eingesperrt. Und Metall ist sowieso nicht mein Ding.

Aber meine Mutter hat das so gewollt. Sie ist die Cousine der Besitzerin, die mit ihrem Mann dann 2012 ermordet wurde. Die Frau und ihr Mann waren ganz in Ordnung. Ich habe aber nur kurz einmal Kontakt mit ihnen gehabt. In dieser Zeit habe ich Toby kennengelernt. Er war wie ich auch Praktikant. Anfangs dachte ich, er wäre nur deshalb im Büro und der EDV weil er besser *beleuchtet* war. Aber wie er mir erzählt hat, war sein *Alter* der Strippenzieher. Der hatte mal auf einem Empfang, wie diese Typen das nennen, auf den Chef der Firma so lange *eingetextet,* sodass er die Stelle bekam. Aber da er immer wiede*r auf Sendung war*, hat er öfter Scheiße gebaut. Zweimal musste er sogar zum Chef. Irgendwann einmal hat man ihn dann Hals über Kopf hinausgeschmissen. In der Zeit haben wir beide öfter Gras geraucht. Aber Toby war auch schon damals ziemlich oft *auf Pumpe.*

Dann kam er dauernd mit seinem Sturmvogel 2 herüber und dass ich auch dazu kommen sollte. Darüber konnte er stundenlang sabbern. Ich glaube, er hat in der Zeit auch mit *Crack* angefangen. Er hat ja alles genommen, was er kriegen konnte. Nebenbei hat er dann noch gedealt. Die Zeiten in dem Gartenhaus seiner Eltern waren echt *gültig*. Da konnten wir *grasen* bis zum Abwinken.

Irgendwann einmal habe ich dann die *Erzeugerfraktion* von Toby gesehen.

Der Alte und ich haben uns sofort erkannt. Wir sehen uns doch zweimal die Woche, wenn er zu den *Schlitzaugen* geht. Er weiß übrigens auch von dem Versteck im Gartenhaus. Ich bin mir sicher, dass er sich auch öfter dort *eine Nase zieh*t, sonst hätte Toby nicht so oft strecken müssen. Das gab dann immer gewaltigen Stress. Dafür bräuchte er jetzt eine *Wumme*, hat er mir gesagt. Für mich wäre es ja einfach, an so was ranzukommen. Am nächsten Tag hat er das Gerät gehabt. Daraufhin lief der Handel echt geil für ihn. Irgendwann einmal gab es dann dicken Stress mit seinen Alten. Die haben ihn dann von jetzt auf gleich aus der Hütte geschmissen. Von der *Alten* hat er heimlich immer noch etwas Kohle eingesackt.

Er war schon länger *auf Platte.*"

Küster unterbricht ihn:

„Uns interessiert aber zuerst einmal, was da im Februar 2012 im Steinbruch und daneben im Soonwald passiert ist!"

Gero schweigt, sieht angespannt auf die Tischplatte, dann wendet er den Kopf zu seiner Rechtsanwältin. Diese sieht ihn an und mit einer auffallenden Nickbewegung gibt sie ihm ein Zeichen, dass er seine Ausführungen beginnen soll.

„Irgendwann Anfang 2012, wir hatten mal wieder eine ganze Nacht durchgesumpft. Dann hat Toby vor versammelter Mannschaft mit der *Wumme herumgeprollt.* Und er müsse jetzt auch einmal Schießübungen machen. Dann hat er so einen Mist von Pinguinen gesabbert, den aber kein Mensch verstand. Ich weiß auch heute noch nicht was das für ein Gelaber war. Ich glaube, der war damals schon von dem ganzen *Crack total verplombt.* Dann habe ich den Vorschlag mit dem alten Steinbruch im Soonwald gemacht. An dem Morgen war ich auch ziemlich zu."

„Das wissen wir von ihrem Kumpel Andreas Walstadt. Der hat dies bereits zu Protokoll gegeben. Diese geplanten Schießübungen im Hunsrück",

wirft Schneider dazwischen. Gero wird unruhig, doch dann fährt er fort:

„Es war an einem Dienstagmorgen im Februar 2012. Toby wollte unbedingt an diesem Tag die *Wumme* ausprobieren. Also sind wir in den Hunsrück gefahren. Den alten Steinbruch kannte ich ja noch von der

Wehrsportgruppe her. Hier kann man in Ruhe stundenlang herumballern. Da kommt so schnell keiner vorbei. Als jeder von uns so drei, vier Magazine durchgejagt hatte, war es Toby zu langweilig. Er wolle jetzt einen Hasen oder ein Reh schießen.

Dieser Vollidiot. Mit einer Pistole und auch noch im Wald. Der war doch *total verpeilt.* Auf dem Weg zurück zu unserem Auto ist uns dann der Waldarbeiter begegnet. Toby hatte immer noch die Wumme in der Hand und hat damit herumgefuchtelt. Der Mann und ich haben uns gekannt. Er stammte aus meinem Nachbardorf. Als er die Pistole sah, ist er erschrocken und hat nur gesagt, dass man mit so etwas nicht spielen solle und man ja aufpassen solle, dass sie nicht geladen ist. Dann hat Toby die Pistole auf ihn gerichtet und gelacht. Und während er zu dem Walarbeiter sagte: „Da hat wohl einer Angst",

hat sich ein Schuss gelöst, und der Mann fiel zu Boden. Er war nicht sofort tot. Toby hatte nicht mehr gewusst, dass er ein volles Magazin geladen hatte. Der Mann krümmte sich vor Schmerzen. Er hatte ihm in den Bauch geschossen. Dann hat er das halbe Magazin auf ihn abgefeuert, bis er ruhig war. Das war ein Unfall, glauben Sie mir. Und danach hat er ihn erlöst." Küster und auch die anderen drei schütteln verständnislos den Kopf. Dann sagt Küster:

„Sie haben doch ein Handy! Oder nicht! Warum haben Sie nach dem ersten Schuss, der ja angeblich ein

Unfall war, nicht sofort einen Rettungshubschrauber angefordert. Der Mann wäre noch zu retten gewesen. Und gefunden hätten die euch schnell über GPS. Eine Landung in der Lichtung etwa 100 m weiter nördlich wäre auch kein Problem gewesen. Also warum diese Exekution? War es vielleicht doch nur die einfache Lust am Töten, wie er das Jahre zuvor getan hat, als er den kleinen Hund seines Nachbarn kaltblütig und ohne Grund mit Pfeil und Bogen getötet hat?"

„Auf dem Weg zurück nach Wiesbaden haben wir kein Wort mehr miteinander geredet. Ich bin auch nach dieser Sache im Wald nicht mehr so oft zu unserem Sturmvogel-Treff gegangen. Toby hat immer mehr und immer öfter von *Aufräumen mit den Pinguinen herumgeölt*. Keine Sau weiß, was er damit meinte. Wie gesagt, zu viel Gras geraucht, zu viel „H" *gedrückt*. Und auch sonst alles Mögliche probiert. Das hält die beste Birne nicht aus. So konnte man ihn manchmal nicht ertragen, wie der da herumgeprollt hat."

„Und wie erklären Sie uns dann den Doppelmord an dem Ehepaar in Taunusstein, Ihrer, sagen wir einmal, Großtante? Da war auch Ihre Makarov eindeutig die Tatwaffe.

Waren Sie das dieses Mal allein, oder wollen Sie hier wieder Toby vorschieben? Der kann sich ja nun nicht mehr wehren. Wie günstig für Sie."

Schneider hat vor lauter Ungeduld spontan das Wort ergriffen.

Gero, ganz gelassen, als könnte man ihm nichts anhaben, sagte: „In der Zeit lag ich im Krankenhaus". Die Rechtsanwältin legt einen Arztbrief der Klinik vor. Und tatsächlich, etwa zur Tatzeit lag Gero auf einem OP-Tisch, und man hat ihn an einem durchgebrochenen Blinddarm operiert. Ein bombensichereres Alibi kann man schlecht finden.

Küster überfliegt den Brief, reicht ihn zu Schmiedbach, der ihn intensiv liest. Danach verschwindet das wichtige Dokument in der Ermittlungsakte.

„Was sagen Sie zu dem Tod von Toby?"

„Hat sich Toby vielleicht mit dem Tod Ihrer Großtante und ihres Mannes gebrüstet? Kamen da etwa Rachegelüste bei ihnen auf?

Und mit einem Zimmermannshammer können sie ja gut umgehen."

sagt Küster.

„ Ich habe mit Tobys Tod nichts zu tun. Auch wenn sie mir dies unterstellen wollen. An dem Freitag, an dem Toby *ausgeknipst* wurde, hatte ich Frühschicht. Die beginnt um 5:00 Uhr in der Frühe. Das können sie nachsehen. Aber warum knöpfen sie sich nicht diesen elenden Mirko und den hinterfotzigen Andreas Walstadt vor. Die beiden hätten wirklich Gründe genug, den Chief aus dem Weg zu räumen."

Ein längeres Schweigen steht jetzt im Raum.

Frau Dr. Blomberg-Kohl lächelt. Sie macht einen zufriedenen Eindruck, hat sie doch ganz wesentlich

dazu beigetragen, dass ihr Mandant ausführliche Aussagen gemacht hat. Wie die Sache dann ausgeht, ist noch ziemlich ungewiss.
„Wir werden beide Herren noch einmal vorladen darauf können sie sich verlassen"
Beendet Küster die Vernehmung.

*

Mirko Gruber, mit alpenländlichem Familienhintergrund hat sich mittlerweile als leidenschaftlicher und guter Wassersportler entwickelt, der sich auch bestens mit dem Führen kleiner Wasserfahrzeuge auf dem Rhein auskennt. Seit Jahren jagt er hin und wieder, je nach Wetterlage, mit seinem Schlauchboot, das von einem starken 15 PS Außenbordmotor angetrieben wird, wild durchs Mittelrheintal. Dann ist er voll in seiner Wichtigtuerei. Sitzen dann noch beschränkte weibliche Wesen mit an Bord, wird die Protzerei unerträglich.
Heute hat er sich mit Andreas Walstadt verabredet, um mit ihm bei diesem herrlichen Wetter eine kleine Fahrt über den Rhein zu unternehmen. Mit etwas Bier, wolle man das Kriegsbeil dann im Rhein versenken. Walstadt, kein absoluter Wasserfreund, stimmt dem Vorschlag zu, und so tuckert das Boot mit den beiden

und einem Kasten Bier an Bord langsam aus dem Yachthafen. Nach etwa zweihundert Metern befinden sie sich schon in der Fahrrinne des Rheins. Nichts für ungeübte oder unerfahrene Flusskapitäne.

Hier herrscht mächtig Betrieb.

Mirko hat auch jetzt noch, nachdem er die dritte Flasche Bier geleert hat, das Boot voll im Griff. Andreas Walstadt hat sich mittlerweile im Bug des Bootes breitbeinig stehend aufgerichtet und grüßt die vorbeifahrenden Schiffsbesatzungen mit einer Bier-flasche in der linken Hand. Dann ergänzt er seine Begrüßung noch mit einem zackigen Salutieren, in-dem er die rechte Hand an seine nicht vorhandene Kapitänsmütze führt. Die beiden haben richtig Spaß an diesem wunderbaren Nachmittag. Alle Feindselig-keiten scheinen vergessen und verziehen. Kurz unter-halb der Nahemündung wendet Mirko und nimmt neuen Kurs auf das stromaufwärts liegende Wiesbaden -Schierstein. Andreas Walstadt grüßt noch auffällig hinüber zum Niederwald Denkmal. Die sonst schütz-ende Germania hoch über dem Rhein erscheint ihm heute seltsam bedrohlich. Stromaufwärts muss Mirko nun etwas mehr Gas geben. Walstadt hat immer noch nicht die Stellung im Bug des Bootes verlassen. Nach einigen hundert Metern kommt ihnen direkt, mit großer Talfahrt, ein Tankschiff entgegen. Mirko hält unverändert Kurs auf den riesigen Kahn, der sehr schnell den beiden immer näher kommt. Walstadt, schon deutlich unter Alkoholeinfluss, genießt offenbar diesen besonderen Nervenkitzel. Laut ruft er dem mittlerweile bedrohlich nahen Schiff entgegen:

„Wir sind die Sturmvögel!"

Dann gibt Mirko plötzlich Vollgas und zieht das Boot in einer extrem scharfen Linkskurve in Strommitte. Waldorf, von diesem Manöver völlig überrascht, verliert seinen Halt und fliegt wie ein Pfeil aus dem Boot. Er befindet sich jetzt unmittelbar vor dem sich schnell nahenden Tankschiff. Obwohl alle wissen, dass er ein miserabler Schwimmer ist, trägt er keine Schwimmweste. Man sieht ihn nur noch kurze Zeit im Wasser, dann verschwindet er unter dem Bug des Schiffes. Mirko dreht noch einige kleinere Runden über der Unglücksstelle, dann nimmt er direkten Kurs auf seinen Heimathafen. Da er sein Handy nicht dabei hat, fährt er vom Hafen aus direkt zur Wasserschutz-polizei. Dort schildert er den Vorfall in allen Einzel-heiten. Die Beamten nehmen den Vorgang auf und geben die Koordinaten der Unglücksstelle  an Patrouille Boote, die sich in der Nähe der Havarie befinden, weiter. Jeder von ihnen weiß, dass hier so gut wie keine Überlebenschance besteht, da besonders in dieser Region die Strömungsverhältnisse extrem schwierig sind, und die selbst guten und erfahrenen Schwimmern schwere Probleme bereiten.

Voller Zufriedenheit, diesen *Hundsfott* erledigt zu haben, legt sich Mirko in den Schatten einer Weide am Ufer und leert die letzten Bierflaschen. In der Gewissheit den gewaltsamen Tod seines Chiefs durch diesen Verräter gerächt zu haben schläft er tief und fest ein.

Kein schlechtes Gewissen, keine Trauer. Nichts stört ihn.

\*

Mittlerweile ist die Mittagspause vorbei. Schneider liest das geschriebene Vernehmungsprotokoll intensiv auf Fehler durch, bevor es zur Akte geht.

Küster telefoniert mit seinem Freund Willi Graf, der die richtige Spur gefunden hat. Er bedankt sich vielmals für dessen sehr gute Mitarbeit, ohne die man die Sache hätte schwerlich auflösen können. Man verabredet sich zu einer kleinen Siegesfeier für das kommende Wochenende.

„Aber dieses Mal ohne *Brautstrauß*"

ergänzt Küster. Dann ruft er in der Klinik an um zu erfragen, wie weit die beiden Berghaus genesen sind. Er wird mit dem Oberarzt der Psychiatrie verbunden, dem Franken Dr. Axel Schröder.

„Guten Tag, Herr Dr. Ich bitte vielmals um Entschuldigung, wenn ich Sie in Ihrer knapp bemessenen Zeit stören muss. Aber nur eine kurze Frage. Was denken Sie, wann ich Frau Berghaus zu den Ereignissen an jenem Freitag befragen kann? Ihr Mann liegt, soweit ich weiß, noch auf der Intensivstation."

Am anderen Ende kommt von einer ruhigen Stimme, eine sehr beunruhigende Nachricht.

„Aber Herr Küster, hat man Sie denn noch nicht informiert? Herr Berghaus ist heute Nacht verstorben. Seine Frau hat ihn gestern Abend noch kurz besucht. Er war wohl noch sehr schwach.

Als die Nachtwache bei ihrer zweiten Tour etwa um ein Uhr vorbeikam, stellte sie fest, dass der Mann bereits tot war. An eine erneute Reanimation war nicht zu denken. Ich bin ja kein Kardiologe und auch kein Intensivmediziner, aber ich glaube, man hat den Mann zu früh auf eine periphere Station verlegt.

Nun ja, das verbessert Frau Berghaus Zustand sicherlich nicht. Aber ich werde Sie umgehend anrufen, sobald eine Befragung möglich ist."

Küster schweigt, dann sagt er ganz kurz und trocken: „Haben Sie vielen Dank!"

Küster denkt nach.

Uli Stein ist mittlerweile auf dem Weg zu ihrem stillen Bewunderer, Herrn Prof. Dr. Mayer, mit dem sie sich im Institut für Rechtsmedizin verabredet hat. An diesem Nachmittag hat er keine Obduktion.

Heute kann Mayer seine ehrliche Freude beim Erscheinen von Uli nicht verbergen. Das bemerkt auch die aufmerksame Oberkommissarin. Sie begegnet ihm ebenfalls mit einer auffallenden Freundlichkeit. Uli berichtet kurz über die Vernehmung von Gero, der direkt und indirekt seinen Chief Sir Toby als den alleinigen Mörder von drei Personen beschuldigt.

„Das könnte sein. Aber uns fehlt immer noch ein Motiv. Nicht der geringste Hinweis. Nun, wenn man einen Praktikumsplatz verliert, kann denn das(!) ein Grund für einen Doppelmord sein?  Ich weiß es nicht. Vielleicht war er kränker als viele dachten. Seine stark narzisstischen Züge, die ja zweifellos schon in der frühen Kindheit beschrieben wurden, wurden ja durch die Erziehungsfehler der Mutter verstärkt. Würden Sie sagen, es liegt hier ein richtiger Narzissmus vor, wenn Sie alle Gutachten berücksichtigen?" fragt Uli den Gerichtsmediziner.

„Dem würde ich zustimmen. Sein ganzes Verhalten gegenüber seinen Mitmenschen, die eigene Familie mit eingeschlossen, war so aufgeblasen, großspurig und wichtigtuerisch, wie es typisch bei solchen Persönlichkeitsstörungen ist. Erinnern sie sich an die ausführlichen Schilderungen der Schwester von Frau Berghaus. Ich denke, hinzu kommt noch eine *schizoide* Komponente. Er identifiziert sich zeitweise mit dem

Riesen-Sturmvogel in der Antarktis, den fast alle Spezies in dieser Region fürchten.

Er, der in der unwirtlichsten Gegend dieses Erdballs lebt und vor dem Landtiere und Vögel zittern, wenn sie ihn sehen. So sieht sich Toby dann zeitweise in unserer ungastlichen Gesellschaft. Sein Ausweg sind die Drogen."

Dann fährt Uli Stein fort:

„Der Sturmvogel attackiert die jungen Pinguine, selbst in einer geschützten Kolonie. Tötet sie und frisst sie. Eine Kolonie von zigtausend  Pinguinen kann die Jungen nicht endgültig schützen. Ich hab mir diesen Dokumentarfilm zweimal angesehen. Ich gehe mal davon aus, dass dieser Film eine Art Schlüsselerlebnis für ihn war. Er bewunderte diesen Vogel. So viel Macht und Mut wollte er auch gegen die *Frackträger* unserer Gesellschaft aufbringen. Diese Figuren des Establishments hatte er bei Treffen seines Vaters erlebt. Und eben einer dieser *Frackträger* hatte ihn gedemütig.  Ihn (!), den alle als intelligent und scharfsinnig beurteilten. Der so sehr bewundert wurde. Ihn (!), am Anfang einer großen Karriere, hat so ein unbedeutender Chef einer blöden Schrauben-fabrik einfach von heut auf morgen gefeuert.

Den (!) musste er bestrafen. Einen anderen Grund kann ich nicht erkennen. Daher auch dieser typische Overkill."

Mayer hat ganz aufmerksam zugehört, dann antwortet er:

„Ach Frau Stein, wie wohltuend doch die fachlichen Gespräche mit Ihnen! Aber auch unsere privaten Unterhaltungen, wie neulich Samstag, sind mir noch in guter Erinnerung."

Weiter vor wagt sich Mayer in seiner Bewunderung und Annäherung an Uli nicht, obwohl diese, besonders heute, zweifellos einige Komplimente mehr vertragen hätte.

Man erzählt noch ein wenig über Urlaube und Violinekonzerte, bevor sich Uli verabschiedet. Beim Auseinandergehen  hält sie kurz inne.

„Ich weiß nicht, ob wir den Eltern all dies sagen sollten?"

„Ich denke ebenso, nein! Es war ihr Kind, das sie sicherlich auch geliebt haben."

\*

Dr.Axel Schröder will sich auf den Weg nach Hause machen, eigentlich nicht direkt nach Hause, denn er hat noch einen kleinen Umweg vor, den er aber noch nicht preisgeben will. Der führt nämlich noch kurz in den Rheingau. Dort hat er beim Erdbeerfest, unter dem Einfluss von reichlich  Erdbeerbowle, eine Weinbau Ingenieurin kennengelernt, in die er sich Hals über Kopf verliebt hatte. Diese wollte er heute zum dritten Mal treffen. Daher die besondere Eile. Aber als er sein Zimmer verlassen will, steht Frau Berghaus vor ihm. Beide Augen voller Tränen. Sie ist tief nach vorne übergebeugt.

Er nimmt sie in den Arm, dabei spürt er, dass ihre Haare durch die Tränen  stellenweise durchnässt sind. Schröder denkt jetzt nicht mehr an den Rheingau, nicht mehr an Elvira, die Frau mit dem Katzengesicht. Aber er wird sie anrufen.

„Entweder sie versteht das, oder sie kann bleiben, wo der Pfeffer wächst",

sagt er sich. Dann konzentriert er sich auf Frau Berghaus.

Ute Berghaus hat in einem der Sessel Platz genommen. Sie putzt sich ihre Nase.

„Lieber Dr. Schröder, ich habe so ein großes Vertrauen zu Ihnen. Ich weiß nicht, wo ich anfangen soll. Es ist sowieso alles zu spät. Unser Junge hat unsere Ehe, unsere Familie, jeden von uns zerstört. Wir haben ihn zum Mörder gemacht, er hat es mir gestanden. Er hat drei Menschen umgebracht. Er sagte nur, es musste sein.

Er hat uns zum Mörder gemacht!

Mein Mann hat ihn erschlagen!

An jenem Freitagmorgen. Mein Mann hatte wieder einmal heimlich Kokain genommen. Aber Jens und ich wussten schon lange davon. Dann kam er ins Bad und wollte ganz plötzlich Sex mit mir. Ohne vorherige Annäherung. Einfach nur so. Wie bei seinen Huren. Das wollte ich nicht. Zuerst habe ich das im ruhigen Ton gesagt. Aber er hat überhaupt nicht zugehört. Dann wurde es immer lauter zwischen uns beiden. Ich bin ins Schafzimmer geflüchtet. Dort kam es dann fast zur Vergewaltigung. Die Drogen haben ihn sexuell total enthemmt und es gab keine Grenzen mehr für ihn. Plötzlich stand Jens im Schlafzimmer. Ich weiß nicht, wie lange er sich das schon mit angesehen hatte. Als er meinem Mann dann zurief, dass dies eine Vergewaltigung sei und dass er sofort damit aufhören solle, sonst riefe er die Polizei. Und als er ihn dann noch aufgefordert hatte, seine Schulden für das Kokain zu bezahlen, das er ihm gestohlen habe, ist mein Mann völlig ausgerastet.

Da lag dann dieser komische Hammer auf dem Sideboard, den Jens aus dem Gartenhaus mitgebracht hatte. Mein Mann ergriff ihn und mit einem Schlag fiel der Junge zu Boden. Mehr weiß ich dann nicht mehr. Und gestern Abend war ich dann bei meinem Mann. Er zeigte keine Reue. Wir alle hätten Schuld! Und er hat sich auch nicht bei mir entschuldigt. Sie wissen, diese Vergewaltigungsabsicht. Dabei habe ich ihn doch einmal geliebt. Und dann tat er mir wieder leid, als er mir sagte, dass er so nicht mehr leben könne und wolle. Dann habe ich mich auf ihn gelegt. Es war ein

Gefühl der Sehnsucht nach ihm, aber auch ein Gefühl des Abschiednehmenwollens, da wir beide keine Zukunft mehr sahen. Und als ich die Decke über seinen Kopf zog, ließ er es zu und in der unendlich dauernden Umarmung spürte ich dann, wie sein Leben ganz langsam dahinschwand. Als ich die Decke wieder wegnahm, sah ich ein zufriedenes Gesicht.

Ich weiß nicht, wie man das vor Gericht bewerten soll. Ich möchte nicht mein Richter sein.

So, jetzt ist mir wohler. Und morgen früh können mich die Polizisten zu allem befragen. Ich will Sie auch nicht länger aufhalten."

Schröder hat ganz gebannt zugehört. So einen starken Tobak hat er schon lange nicht mehr geraucht. Noch ist Zeit, die Begegnung im Rheingau zu retten, denkt er und ruft an. Frau Seeberg hat schon den Raum verlassen, ohne sich groß zu bedanken oder zu verabschieden.

*

Hinter der Rettungswache hat Kesselheim auf dem kleinen Rasenplatz einen winzigen Holzkohlegrill aufgestellt. Darauf können gerade einmal vier Würste gegrillt werden, was aber unter den Rettungsleuten nicht zu Ärger führt. Kesselheim hat bereits eine Wurst verdrückt und fragt nach der zweiten, als, wie so oft in solchen Momenten, der Melder losgeht.

„Leitstelle an Rotkreuz 83/2 –

Einsatz für NAW

Fahren Sie Bergstrasse 25

Verdacht auf Exitus- weiblich"

„Was soll denn das?",

ruft Martina laut

„Das ist doch die Rückseite unserer Klinik!"

Mit Sondersignal kommt der NAW nach zwei Minuten an der Rückseite der Klinik an. Einige Passanten stehen um eine Person herum, die auf dem gepflasterten Gehweg liegt. Sie liegt auf dem Bauch. Als sie den Körper herumdrehen, sehen sie, dass der Schädel massiv zertrümmert ist. Das Hemd ist völlig zerrissen. Der gesamte Oberkörper ist deformiert und instabil. Dann blickt Martina nach oben und sieht im 7. Stock ein offenes Fenster.

Kesselheim dreht das Armband, das alle Patienten bei der Aufnahme erhalten, etwas herum.

Martina liest laut: Ute Berghaus!,

So eine verdammte Sch..!"

„Sag es ruhig laut, es ist so"

Sagt Kesselheim zu ihr.

Zwei Polizisten begleiten eine junge Oberkommissarin zum Tatort.

„Ulrike Stein vom LKA. Ich bin die ermittelnde Oberkommissarin."

So stellt sie sich dem Notarzt-Team vor.

„Bitte verändern Sie jetzt nichts mehr!"

Kurz danach fährt ein älterer dunkelblauer BMW vor. Ihm entsteigt der Oberarzt der Psychiatrie. Auf dem Beifahrersitz sieht man eine junge Frau mit einem Katzengesicht. Schröder geht in einem schnellen Schritt auf die Gruppe des Rettungsteams und der Polizei zu. Dann erkennt er Uli Stein. Mit ihr hatte er schon öfter zu tun. Als Schröder die leblose Frau sieht, sagt er nur:

„Frau Berghaus." Das klingt halb fragend, halb wie Bestätigung. Dann wendet er sich an die Kommissarin:

„Bevor Sie jetzt völlig unnötig einem Phantom hinterherjagen, muss ich mit Ihnen etwas ganz Wichtiges bereden. Ginge das Morgen gegen 9 Uhr in meinem Zimmer? Ich muss leider wieder zu einer wichtigen Besprechung."

Uli Stein nickt nur kurz.

Axel Schröder beeilt sich zu seinem Wagen.

Das Katzengesicht auf dem Beifahrersitz zeigt immer noch eine gute Stimmung.

„So ist nun mal das Leben!",

seufzt der Franke beim Einsteigen und der BMW entweicht der Szene in den Rheingau.

# Glossar

*Alkis* : Alkoholiker

*Auf Platte* : arbeitslos

*Auf Pumpe* : Heroin spritzen, an der Spritze hängen

*Auf Sendung:* Unter Drogen stehend

*Ausgeknipst :* umgebracht, ermordet

*Beleuchtet* : Gebildet, höhere Intelligenz

*Bradykardie:* Langsamer Herzschlag, langsamer Puls

*BZ* : Blutzucker-Spiegel

*Crack :* Kokain

*E* : Einsatzort

*EEG :* Elektro-Encephalo-Gramm (Messung der Hirnströme)

*Eingetextet* : Massiv auf jemanden eingeredet

*Exitus :* Tod

*Forensik* : Gerichtsmedizin

*Geprollt* : Angeben , Prahlen

*Gültig* : sehr gut , ausgezeichnet

*Gras* : Haschisch

*Intubationsbesteck* : Geräte zur Freimachung der Atemwege für die künstliche Beatmung

*Junkees* : Drogenabhängige

*KHK* : *Kriminal-Haupt-Kommissar*

*KOK* : *Kriminal-Ober-Kommissar*

*Krötensack* : Geldbeutel

*KTU* : Kriminal-Technische-Untersuchung

*NAW* : Notarztwagen

*Nullo* : Null

*Penetrationsstelle* : Eindringstelle

*RK 83-2* : Rotes Kreuz (bestimmte Fahrzeug Nennung)

*RTW* : Rettungswagen

*Schizoid* : Schizophrenie ähnlich

*Schizophrenie* : Geisteskrankheit –(gespaltenes Bewußtsein)

*Stupor , stuporös :* Bewegungslosigkeit-armut bei sonst aber wachem Zustand

*Systolisch :* Der obere Blutdruck-Wert

*Verpeilt :* Völlig daneben

*Verplombt:* Kann keine klaren Gedanken fassen

*Voll Panne :* Absolut peinlich

Wumme : Pistole oder Revolver

Ebenfalls im BoD Verlag erschienen der Roman :
**Niemals eine Frage der Zeit...**
ISBN: 978-3-7431-6164-1 April 2017.

HW Karch präsentiert in seinem Gesellschaftsroman, geprägt durch autobiographische Erlebnisse, ein nahezu authentisches Zeitzeugnis der 68'er Generation vor historischen Hintergrund.

*Niemals eine Frage der Zeit...*

*Wann und wen wir wo lieben, hassen oder gar töten ist nie eine Frage der Zeit...*

*Franz Seeberg, ein junger deutscher Wissenschaftler wechselt 1978 von Aachen nach Reims.*

*Schnell verliebt er sich in seine Chefin Marie-France. Beide verleben glückliche Tage in der Champagne.*

*Rudolf, der Vater von Franz Seeberg, ein dekorierter Offizier im Frankreich-Feldzug, verliebt sich in die französische Krankenschwester Véronique.*
*Durch die Kriegswirren verlieren sich beide aus den Augen. Marie-France ist das Kind aus dieser Beziehung.*

*Als sie mit ihrem Verlobten Franz ihre Mutter in der Normandie besucht, überkommt diese nach kurzer Zeit eine dunkle Ahnung...*

**Hans Werner Karch,** geboren 1949 in Kirn/Nahe. 1969 Abitur am dortigen Gymnasium. Nach seiner Wehrdienstzeit studierte von 1971 bis 1977 Medizin an der Universität Mainz. Nach dem Studium Tätigkeit in verschiedenen Kliniken. Von 1985 bis 2014 praktiziert er als niedergelassener Internist in seinem Geburtsort. Er befindet sich seither im Ruhestand und lebt mit seiner Frau und vielen Tieren auf dem Land in der Nordpfalz.

Neben wissenschaftlichen Veröffentlichungen während seines Berufslebens schreibt Hans Werner Karch jetzt neben Romanen auch Erzählungen und Kurzgeschichten.